बहुरंग कथाएँ

(महिला उर्दू लेखिकाओं की कुछ लघु कथाएँ)

संकलित :

फ़रह अंदलीब

Bahurang kathaeiN (few Short Stories of Female Urdu writers)
Edited By: Farha Andaleeb
Edition: October '2025
Publisher :
Taemeer Publications LLC (Michigan, USA / Hyderabad, India)

ISBN 978-93-5872-401-1

किताब	:	**बहुरंग कथाएँ**
संकलित	:	फ़रह अंदलीब
रचना-पद्धति	:	फ़िक्शन
प्रकाशन वर्ष	:	2025
पृष्ठ	:	100
कवर डिज़ाइन	:	ता'मीर वेब डिज़ाइन

विषय-सूची

(1) कुंवारी

इस्मत चुग़ताई

उसकी सांस फूली हुई थी। लिफ़्ट ख़राब होने की वजह से वो इतनी बहुत सी सीढ़ियाँ एक ही साँस में चढ़ आई थी। आते ही वो बेसुध पलंग पर गिर पड़ी और हाथ के इशारे से मुझे ख़ामोश रहने को कहा।

मैं ख़ुद ख़ामोश रहने के मूड में थी। मगर उस की हालत-ए-बद देखकर मुझे परेशान होना पड़ा। उसका रंग बेहद मैला और ज़र्द हो रहा था। खुली-खुली बेनूर आँखों के गिर्द स्याह हलक़े और भी गहरे हो गए थे। मुँह पर मेक-अप न था। खासतौर पर लिपस्टिक ना होने की वजह से वो बीमार और बूढी लग रही थी। मुझे मा'लूम हो गया कि मेरे बताए डाक्टर का ईलाज तसल्ली बख़्श साबित हुआ। उसका पेट अंदर को धँसा हुआ था और सीना सपाट हो गया था। मुझे मा'लूम हुआ कि इस क़त्ल की मैं भी कुछ ज़िम्मेदार हूँ। मगर में डाक्टर का पता ना बताती तो कोई और बता देता। बिन बुलाए मेहमान को एक दिन निकाला तो मिलना ही था।

"एक मश्वरा लेने आई हूँ..." सांस क़ाबू में आते ही उसने कहा।

"जुम्मा जुम्मा आठ दिन बीते नहीं और मुर्दार को फिर मश्वरों की ज़रूरत आन पड़ी," मैंने चिड़ कर सोचा, मगर निहायत ख़ंदा-पेशानी से कहा, "लो, ज़रूर लो। आजकल बहुत मश्वरे मेरे दिमाग़ में बज-बजा रहे हैं।"

"आपा, में शादी कर लूँ?" उसने बड़ी लजाजत से पूछा। गोया अगर मैंने इजाज़त ना दी तो वो कुँवारी अरमान भरी मर जायेगी।

"मगर तुम्हारा शौहर?"

"मौत आए हरामी पिल्ले को। उसे क्या ख़बर होगी।"

"ये भी ठीक कहती हो। भला तुम्हारे शौहर को तुम्हारी शादी की क्या ख़बर होगी," मैंने सोचा। "मगर तुम्हारी शादी के चर्चे अख़बारों में होंगे। आख़िर इतनी बड़ी फ़िल्म स्टार हो।"

"फ़िल्म स्टार की दुम में ठेंगा।" अल्लाह गवाह है मुझे नहीं मा'लूम कि ये गाली हुई कि नहीं। मदन एक सांस में तीन गालियाँ बकने की आदी है, मुझे तो उसकी ज़बान से निकला हुआ हर लफ़्ज़ गाली

जैसा सुनाई देता है। मगर ये हक़ीक़त है कि सिवाए चंद आम-फहम गालियों के ये किल-कारियाँ मेरे पल्ले नहीं पड़तीं।

"भई एक बात मेरी समझ में बिलकुल नहीं आती," मैंने बात की लगाम एक दम दूसरी सड़क पर मोड़ दी। "तुम शादीशुदा हो तो तुम्हारा बच्चा हरामी कैसे हुआ?"

"ओह, आपा। अल्लाह का वास्ता, कभी तो समझा करो। कम्बख़्त शादी तो शब्बू दो साल का था तब हुई थी।"

"शब्बू के बाप ही से ना?" मैंने सहम कर पूछा।

"ऊंहूं, तुम्हें याद तो कुछ रहता नहीं। बताया तो था... वो कम्बख़्त..."

"अच्छा... याद आ गया... वो तुम्हें गृहस्ती का शौक़ चर्राया था," मैंने अपनी कुंद ज़हनी पर शर्मिंदा हो कर कहा।

"भूसा चर्राया था। माँ के ख़सम ने धंदा कराना शुरू कर दिया।" माँ का ख़सम रिश्ते में क्या हुआ?

"ऊंह, छोड़ो इस ना-मुराद शादी के तज़किरे को। नई शादी का ज़िक्र करो। अल्लाह रखे कब कर रही हो। कौन है वो ख़ुशनसीब।

"सुंदर," और वो क़ह्-क़हा मार कर क़ालीन पर लोट गई।

एक ही सांस में उसने सब कुछ बता डाला। कब इश्क़ हुआ, कैसे हुआ, अब किन मदारिज से गुज़र रहा है। सुंदर उस का किस बुरी तरह दीवाना हो चुका है। किसी फ़िल्म में किसी दूसरे हीरो के साथ लव सीन नहीं करने देता और वो ख़ुद भी उसे किसी दूसरी हीरोइन के साथ रंग-रलियाँ नहीं मनाने देती।

"आपा, ये फ़िल्म वालियाँ बड़ी छिनाल होती हैं। हर एक से लंगर लड़ाने लगती हैं," उसने ऐसे भोलेपन से कहा जैसे वो ख़ुद बड़ी पारसा है। "आपा, कोई चटपटी सी कहानी लिक्खो। हम दोनों उसमें मुफ़्त काम करेंगे। मज़ा आ जाएगा उसने चटख़ारा लिया।

"सेंसर सब काट देगा।"

"सेंसर की..." उसने मोटी सी गाली सेंसर की क़ैंची पर दाग़ी। "शादी के बाद काम थोड़ी करूँगी। सुंदर कहता है अपनी दुल्हन को काम नहीं कराऊँगा। चम्बोर् में बंगला ले लेंगे ख़्वाबों के झूले में पींगें लेते हुए कहा और एक दफ़ा तो मुझे भी यक़ीन हो गया कि उसकी दुनिया बस जाएगी। चम्बोर् बंगले

में वो बेगम बनी बैठी होगी। बच्चे उसे चारों तरफ़ से घेरे होंगे।

"अम्मॉ खाना। अम्मॉ खाना," वो चिल्लाऐंगे।

"अहे ज़रा सब्र करो... आलू तो गल जाने दो," वो कफ़गीर से उन्हें मारेगी। तब बच्चों का बाप मुस्कुराएगा, "बेगम क्यों मारती हो। अभी बच्चे हैं।"

"बस एक लौंडा हो जाएगी फिर साले को शादी करनी पड़ेगी।"

"तो क्या अभी शादी नहीं हुई?" ख़्वाबों की बस्ती से लौट कर मैंने पूछा। मेरा दिल बैठ गया। जैसे मेरी अपनी कुँवारी की बारात दरवाज़े से लौट गई।

"नहीं आपा। हरामज़ादा है बड़ा चालाक। ना जाने क्या करता है।" वो देर तक सुंदर को फांसने की तरकीबें पूछती रही। ना जाने क्यों ये बात उस के दिल में बैठ गई थी कि अगर बच्चा हो गया तो सुंदर के पैर में बेड़ियाँ पड़ जाएंगी।

"और फिर भी उसने शादी न की तो?"

"करेगा कैसे नहीं, उस का तो बाप भी करेगा।"

"ख़ैर, बाप का ज़िक्र फ़िज़ूल है, वो मर भी चुका।"

"हराम-ज़ादे की छाती पर चढ़ कर ख़ून ना पी जाऊँगी।"

"शब्बू के बाप की छाती पर चढ़ करके क्यों ना ख़ून पी गईं?"

"जब मेरी उम्र ही किया थी। उल्टी चोर सी बन के बैठ गई। बस तुम कोई ऐसी तरकीब बताओ कि साले की एक ना चले और..." जो तरकीबें वो मुझसे पूछ रही थी उनसे मुझे वहशत हो रही थी।

मदन कई बार सुंदर को लेकर मेरे हाँ आई। सुंदर अपने नाम की तरह हसीन और नौ-उम्र था, मदन से किसी तरह बड़ा ना मा'लूम होता था। नया-नया कॉलेज से आया तो भूके बंगाली की तरह चौ-मुखे इश्क़ लड़ाने शुरू कर दिए। इसी छीन-झपट में मदन उसे उड़ा लाई। अच्छे घराने का क़ह-क़हा बाज़ और बातूनी लड़का पहली ही दफ़ा घर में ऐसा बे-तकल्लुफ़ हो गया जैसे बरसों से आता जाता है।

उसे देखकर ये अंदाज़ा लगाना मुश्किल ना था कि क्यों मदन उसे दिल से बैठी। उसकी सोहबत में एक लम्हा भी उदास नहीं गुज़रता था। मदन जैसी पिटी-पिटाई, ग़म-नसीब लड़की के लिए ज़रा सी नरमी भी छलका देने को काफ़ी थी। वो सुंदर के हर

जुमले पर बे-तहाशा क़हृ-क़हे लगाती। वो बात पर नहीं, उस के चेहरे के उतार चढ़ाओ पर, लबों की जुंबिश पर मस्हूर हो कर खिल-खिला पड़ती। मुसर्रत की उछलती कूदती मौजें उसे झकोल डालतीं। सुंदर के लब हिलते और वो क़हृ-क़हा मारती, पानी पीती होती तो उच्छू लग जाता, खाना खाती होती तो मुँह का निवाला सामने बैठने वाले के ऊपर छिड़क देती।

वो दोनों ना जाने अपना घर छोड़कर मेरे ही हाँ कुलेलें करने क्यों आते थे, बच्चों जैसी शरारतें करते, कला-बाज़ियां करते, कभी रूठते, कभी मनाते। उन्हें देखकर मुझे बकरी के दो खिलंदड़े बच्चे याद आ जाते जो पराए खेत में फुदकने आ जाते हैं। क्या दन-दनाता हुआ इश्क़ था दोनों का, बे परों के हवा में उड़े जाते थे।

जंगली हिरनियों जैसे चौकड़ियाँ भरते हुए प्यार ने मदन की काया पलट कर दी। वो एक दम बेहद हसीन और जाज़िब-ए-नज़र बन गई। जिल्द के नीचे दिए रौशन हो गए। सोई हुई आँखें जाग उठीं, हज़ारों जादू सरगोशियाँ करने लगे। सपाट सीना खिल उठा। कूल्हे लहराने लगे। सुंदर से कुश्तियाँ लड़-लड़ कर वो फुर्तीली बन गई।

सुंदर की और मदन की जोड़ी बन गई, जिन फिल्मों में वो सुंदर के साथ ना थी, उन्हें डफ़राना शुरुअ कर दिया। सेट से बड़े मार्के के सीन मेक-अप रुम में होने लगे। वो फिल्में जो आधी हो गई थीं, चीथड़ा हो गईं, मदन ने पहली बार किसी नौ-जवान को दिल दिया था। सब कुछ भूल कर वो उसी में डूब गई।

सुंदर उसके बड़े लाड सहता। उसके छिछोर पर हँसता। उसके उजड़े हुए घर में जान डाल देता। नानी को अम्माँ अम्माँ कह कर मस्का लगाता। ख़ाला से बैठ कर गप्पें मारता। भाई को व्हिस्की पिलाता। बच्चों के साथ धमा-चौकड़ी मचाता। उसे मदन के जिस्म से मतलब था। उसकी आमदनी इसी तरह मुँह बोले रिश्तेदारों के तन्नूर में झोंकी जाती थी। शब्बू को वो बहुत प्यार करता... मदन ने इस बदनसीब बच्चे का हाल उसे सुना दिया था। वो उसे बेटा कह कर गोद में बिठाकर घंटों प्यार की बातें किया करता।

"आपा, शब्बू नगोड़े को बेटा कहता है। बस तुम ही समझ लो क्या बात है," वो झूम कर कहती और मेरे कानों में मदन की बारात के ढोल गूँजने लगते।

देखने में सुंदर कैसा ओबाली सा था। मगर बच्चों के मुआमले में उसका रवय्या हैरत-अंगेज़ था। आते ही बच्चे उसे मक्खीयों की तरह घर लेते। उसकी जेबें क्या थीं, उमर-अय्यार की ज़ंबील थीं, रंगीन पेंसिलें, पटाख़ों की डिब्बियाँ, काग़ज़ पर उतारने की तस्वीरें, चॉकलेट, मीठी गोलीयाँ, ना जाने क्या इल्ला बिल्ला निकाल कर बांटने लगता। एक दिन बच्ची ने मेरी सेंट की शीशी तोड़ दी। मैंने उसे मारना चाहा तो मेरे हाथों से उसे झपट कर ले गया।

"आप मारेंगी तो उसे अपने घर ले जाऊँगा वो उसे कंधे पर बिठाकर बोला।"

"इसने मेरी शीशी तोड़ी है। ज़रूर मारूंगी।"

"हाथ तोड़ दिए जाएंगे मारने वालों के। ये लीजीए अपनी शीशी," उसने जेब से नई मुँह-बंद वैसी ही शीशी निकाल दी। "मगर इन्हें पूरी शीशी नहीं देंगे। आधी थी तो आधी मिलेगी उसने शीशी खोल कर ख़ूब बच्चों के बिसांदे कपड़ों और मैली हथेलियों पर छिड़की। आधी रह गई तो मेरे सामने डाल दी। जब वो बच्चों को बटोर कर दूसरे कमरे में चला गया तो मदन ने रोकर मेरे शाने पर सर डाल दिया।

"आपा, ऐसे ऊट-पटांग आदमी के साथ कोई प्यार कैसे ना करे?"

और फिर मदन की ज़िंदगी ने एक नया झटका खाया। सुंदर के घर से तार आया कि माँ सख़्त बीमार है, फ़ौरन आ जाओ। मदन साथ जाने के लिए मचल गई। उसने अपने तरकश के सारे तीर इस्तेमाल कर डाले। शाम से ही उस के लिए व्हिस्की की बोतल लेकर पहुंची। उसे धुत कर दिया। बड़े नाज़ुक लम्हों में साथ ले जाने की कसमें दीं। मगर सुंदर टस से मस ना हुआ। वो सारी रात जागती रही। ना सोई, ना सोने दिया। मगर सुबह होते ही परिंदा सारी तितलियाँ झटक कर उड़ गया।

एरोड्रोम से सीधी मेरे ऊपर नाज़िल हुई। मुझे इस क़िस्म के मरियल आशिक़ों से बड़ी कोफ़्त होती है। मगर उसे यूं तबाह-हाल देखकर मेरा जी पसीज गया। जैसे बरसों की बीमार। एक ही रात में आँखों के गर्द स्याह हल्क़े। मुँह पर फटकार। ये उसे हो क्या गया है, मैं देर तक सोचती रही।

मैं क्यों इस कम्बख़्त के बारे में सोचूं। दुनिया में कितने बड़े-बड़े मसले हैं जिनमें जी उलझा हुआ है। फिर आख़िर में इस का ख़्याल क्यों करती हूँ। मैं ये

सब कुछ क्यों लिख रही हूँ। मदन इस लायक़ नहीं। मुझे अपना जी हल्का करने के लिए ही सही, इस बोझ को बाँटना होगा।

कितने दिन से जब मैं क़लम उठाती हूँ, मदन का ख़्याल मुझसे आकर कहता है, "मैं ज़िंदा हूँ। मेरे सीने में दिल धड़क रहा है। मेरी रगों में ख़ून दौड़ रहा है... राय दो... मुझे बताओ, में क्यों हूँ और कब तक रहूंगी..." अच्छा है, मेरा क़लम एक बार मदन को उगल दे। फिर मितलियाँ आनी बंद हो जाएंगी।

"आपा, एक तार लिक्खो," उसने थोड़ी देर सूखी-सूखी आहें भर कर कहा।

"कैसा तार?"

"कम सून, डाइंग... यानी जल्दी आओ, मर रही हूँ।"

"मगर अभी तो वो पहुंचा भी ना होगा," मैंने टालना चाहा। फिर जान को आ गई तो लिख दिया। डाइंग ना लिखा।

शाम को हाँपती काँपती आई, बड़ी शरमाती हुई तकिए में मुँह छुपा कर हँसने लगी। मैंने कहा, "ख़ैरीयत?"

"तार लिख दो।"

"सुबह तो लिखा था।"

"सुबह मुझ नसीबों जली को कहाँ मा'लूम था," वो फिर शरमाई। "उबकाईयाँ आ रही हैं आपा लीमूँ मंगवा दो।"

"ओहो... ये बात है मुबारक हो।" मेरे सर से बोझ सा उतर गया, ये बस फटकी कामयाब रही। "डाक्टर के पास गईं?"

"वहीं से तो आ रही हूँ। डाक्टर हरामी पिल्ला क्या जाने। कहता है दो दिन चढ़ जाने से कुछ नहीं होता... कुछ नहीं होता का बच्चा... आपा कपड़े वग़ैरा तो सिलवा दोगी... हंक, हंक। भई हमसे तो नहीं पलेगा। तुम पाल दोगी वो..." ठुनकने लगी। मैंने हामी भर ली।

"तो फिर तार लिक्खो ना।"

"क्या लिखूँ?"

"लिक्खो... सन बोर्न। कम सून।"

"गधी हो तुम। अभी कहाँ से सन बोर्न?"

"अच्छा तो सन बोर्न होने वाला लिख दो।"

"चलो स्टर्न, उसके आने का इंतेज़ार करो, और क्या मा'लूम। शायद लड़की हो।"

"वाह, लड़की छिनाल काहे को होगी। मेरी तरह

सड़ने को। मेरा जी कहता है लड़का ही होगा," फिर थोड़ी देर सोच कर एक दम बोली...

"मर जाये अल्लाह करे।"

"कौन?" मैंने चौंक कर पूछा।

"सुंदर की माँ, उल्लू की पट्ठी। बीमार वीमार कुछ नहीं। ससुरी ने अपने यार को बुलाने के लिए ढोंग रचाया है," उसने निहायत पुर-मग़ज़ क़िस्म की फूलदार गालियाँ टिकाईं।

"अहमक़ हो तुम, कैसे मा'लूम?"

"अरे में ख़ूब जानती हूँ इन मय्यत पीटियों को।" जब से मदन की ज़िंदगी में सुंदर आया था उसने गालियाँ बकना बंद कर दी थीं। सुंदर के प्यार ने रिसते ज़ख़्मों पर फाए रखकर ग़लाज़त का मुँह बंद कर दिया था। उसकी आँख ओझल होते ही कच्चे ज़ख़्मों के मुँह खुल गए। पीप बहने लगी। उसके मुँह से फिर वही गालियाँ सुनकर मेरा जी बैठ गया। मारे ग़ुस्से के रिन पटाख़ों की लड़ी बन गई।

"उसका ताल्लुक़ है।"

"किसका?"

"उसकी अम्माँ बहिनियाँ का, सच्ची आपा, बहुत सी औरतें ऐसी होती हैं बचपन ही..."

"लानत हो तुम्हारी ज़बान पर।"

"अल्लाह क़सम आपा... हमारे पड़ोस में एक बीबी रहती थीं। अपने सगे भाई से..."

मैंने उसे रोक दिया। "लिल्लाह तफ़सीलों में ना जाओ। मेरा क़लम पेट का बड़ा हल्का है। कल कलां को मुँह से बात निकाल बैठा तो लोग मुझे उलाहना देंगे।

दूसरे दिन मातम-कुनाँ फिर टूट पड़ीं। कल जैसे डाक्टर का कहना ही ठीक निकला। दिन चढ़ गए थे, सो उतर गए। साथ-साथ मदन की कमान भी उतर गई। ऐसी बिलक-बिलक कर रोईं जैसे जवान बेटा जाता रहा हो। ये औरत है या लतीफ़ा। कल जिस बला के ख़ौफ़ से बौखलाई फिर रही थी आज उस बला की आरज़ू में जान दिए देती हैं। लगीं मुझसे तरकीबें पूछने। भला मेरे पास कोई जादू की छड़ी है जो चूहे को घोड़ा बना दूँ। डाक्टर ने कुछ इशारा तो किया था कि आइन्दा ऐसी मुसीबत से पाला नहीं पड़ेगा। मैं उसे बावजूद कोशिश के न बता सकी कि सुंदर को फ़ासने वाली चाल के पैर मफ़लूज हो चुके हैं।

सुबह ,शाम मदन ने तारों की डाक बिठा दी।

काम पर उसने लात मार दी। एक प्रोडयूसर ने कोर्ट में ले जाने की धमकी दी तो वो नाक पर ढेर सा मरहम थोप कर पड़ गई। मैं भी मरहम की मिक़्दार देख कर हिल गई... गई नाक, मैंने सोचा। मगर जब प्रोड्यूसर चला गया तो मज़े से नाक पोंछ कर हँसने लगी।

"मगर मुझे बेवक़ूफ़ क्यों बनाया तुमने..." मैंने चिड़ कर कहा और चली आई।

अख़बारों में इस्क़ात की ख़बरें छपने लगीं। मदन ने ज़रा शरमाकर तसदीक़ कर दी, मैंने पूछा, "ये क्यों?"

"सूअर को पता चलेगा तो बहुत कुढ़ेगा। मैं कह दूँगी, मैं समझी तुम छोड़कर चले गए। बदनामी के डर से गोलीयाँ खालीं। मर्द बच्चा है कुछ तो दिल को ठेस लगेगी।

एक दिन हवास-बाख़्ता रोती हुई आई।

"तुम ने मुझे नहीं जाने दिया। ये देखो," वो अख़बार जिसमें सुंदर की मंगनी की ख़बर थी, दिखाकर लड़ने लगी।

"चेह ख़ुश, मैंने कब मना किया," मैं ने जल कर कहा। "जाओ मेरी बला से जहन्नुम में।" और वो

शाम के हवाई जहाज़ से जहन्नुम की तरफ़ उड़ गइ।

ग्यारह बजे रात को जब वो सुंदर के घर पहुंचीं तो घर में सिवाए बूढे दादा और तोते के कोई ना था। सब के सब सुंदर की कोई फ़िल्म देखने गए थे। सुंदर के दादा फ़िल्म लाईन के वैसे ही ख़िलाफ़ थे। उन्हें मा'लूम था कि इन फ़िल्म वालों के चाल चलन कुछ यूँ ही वर्क़ से होते हैं, फूंक मारी और ग़ायब। आँखें फाड़ कर वो मदन को घूरने लगे। मदन बंबई से गर्म कपड़े भी लेकर नहीं गई थी। भूक अलग लग रही थी।

बारह बजे के बाद सुंदर बहन भाईयों की टोली में हँसता क़हक़हे लगाता आया तो मदन रो पड़ी। क्या वो भी कभी यूं ख़ानदान में घुल मिल कर उनकी अपनी बन सकेगी। उसके भी देवर जेठ होंगे, ननदें और देवरानियाँ होंगी।

"बहू, लड़का रो रहा है, भूका है," सास कहेगी। उसने पक्का इरादा कर लिया। वो अपनी सास से कभी नहीं लड़ेगी। ननदों की ख़ूब ख़ातिर करेगी। दादा का हुक्का भरेगी, और तोते को भीगे चने खिलाएगी। सुंदर को देखकर उसका जी चाहा कि दौड़ कर उसके चौड़े चकले सीने से लिपट जाये और

उसे मुट्ठियों से कूट डाले। उसके भूरे घने बालों में उंगलियाँ डाल कर नोच डाले। मगर सास ननदों की शर्म ने उसके पैर थाम लिए।

उसे देखकर सुंदर के हल्क़ में क़ह-क़हा लोहे का गोला बन कर अटक गया। माँ बहनों के सामने अपनी दाश्ता के वुजूद से शर्म के मारे पानी पानी हो गया। मसनूई ख़ुश-मिज़ाजी से बोला, "अरे आप!"

"आप के बच्चे!" मदन ने दाँत पीसे। मगर सुंदर की घबराहट पर तरस खा गई।

"जौहरी से कुछ ज़ेवर बनवाए थे। चांदनी कुन्दन का काम दिल्ली जैसा बंबई में नहीं होता। सोचा दिल्ली की सैर भी हो जाएगी और ज़ेवर भी देख लूँगी सुंदर, मदन की आला ऐक्टिंग का क़ाइल था। आज तो लोहा मान गया।

जब उस को सुंदर की बहनों के कमरे में सुलाया गया तो वो ब-मुशकिल गालियों की ज़ंजीर को निगल सकी जो उस के हल्क़ में उलझने लगी। ख़ैर जब सब सो जाएंगे तो सुंदर उस के पास आएगा... सब सो गए और वो सुंदर के पैरों की चाप के इंतेज़ार में पड़ी रही। उसका जिस्म सुंदर में जज़्ब होने के लिए तरस रहा था। रास्ते भर कैसे कैसे

ख़्वाबों के जाल बुनती आई थी। सुंदर सो रहा होगा। वो चुपके से पहलू में रींग जाएगी। उसे महसूस करके सुंदर झूम उट्ठेगा। पहले वो ख़ूब तरसाएगी, ख़ूब रूठेगी। फिर दोनों मान जाएंगे। सारी कसक, सारी दूरी मिट जाएगी। सारे रास्ते वो इसी हादसे को दिल में दोहरा कर चटख़ारे लेती आई थी। इसी लिए तो वो अपनी झाग सी नाइटी लेती आई थी जो हाथ के लम्स से धोवें की तरह पिघल कर ग़ायब हो जाती थी।

मदन सुंदर के पैरों की चाप सुनने के लिए बेक़रार हमा-तन गोश बन गई। दबे पैरों से वो पलंग से उठा होगा, उसने मंज़र-नामा-तामीर करना शुरू कर दिया। उसकी तरफ़ खिंचा चला आ रहा होगा। एक, दो, तीन, चार, पाँच, उसने अंदाज़े से वो सारे क़दम गिन डाले, जो उस के और सुंदर के दरम्यान हाइल थे। गिनते-गिनते वो थक गई। अगर वो हज़ार मील पर होता तो भी अब तक पहुंच चुका होता। वो रुहांसी हो गई। एहसास के तनाव से कनपटियां भीगे चमड़े की तरह करने लगीं। शायद सुंदर के भाई जाग रहे होंगे और वो उनकी मौत की दुआएं मांगने लगी।

सुंदर की गलगोथा सी भोली-भाली बहनें क्या मीठी नींद सो रही थीं। उनके ख़्वाब कितने सुहाने थे। उनके दिलों में किसी बेवफ़ा के प्यार के ज़ख़्म नहीं पड़े थे। उसे ग़ुस्सा आने लगा। ए काश, कोई उनका जहान भी लूट ले, उनके पेटों में साँप छोड़ दे किये भी घोर अँधियारे में किसी के पैरों के निशान टटोलते फिरें। फिर सुंदर को आटे दाल का भाव मा'लूम हो।

आख़िर किस जुर्म की सज़ा में उसका बचपन इतना वीरान और जवानी ज़ख़्म ज़ख़्म हो कर रह गई थी। उससे ज़्यादा ना ज़ब्त हो सका और वो सुंदर के कमरे की तरफ़ चलने लगी। जहां वो अपने भाईयों के साथ सो रहा था।

वो जैसे ही बाहर निकली। तोता अजनबी सूरत देखकर आँखों के लट्टू घुमाने लगा।

"कौन?" दादा ने हाँक लगाई। वो चोरों की तरह खम्बे के पीछे दुबक गई। दादा उठे और चबूतरे पर खड़े आधे घंटे तक रफ़'अ हाजत करते रहे। "मर गया बुड्ढा शायद, कि हिलता ही नहीं।" वो साय साय फिर चली, एक पीढ़ी से पैर उलझा और धड़ाम से गिरी। घर में जगार हो गई और वो फिर अपने

पलंग पर जाकर दुबक गई।

सुबह मौक़ा पाते ही उसने सुंदर से कहा, "सीधी तरह बंबई चलो बेटा, वरना ख़ून-ख़राबे हो जाएंगे।"

"तुमने तार तो दिया होता। किसी होटल में इंतेज़ाम करा देता।"

"क्यों। क्या जागीर में टूटा आया जा रहा है...? मरे क्यों जाते हो, खाने के पैसे ले लेना।"

"दामों की बात नहीं मेरी जान मेरे घर वाले बड़े नेरो माइंडेड हैं फ़िल्म वालों को पसंद नहीं करते।"

"तुम भी तो फ़िल्म वाले हो।"

"मेरी और बात है। तुम शाम की गाड़ी से चलो, परसों मेरे बहनोई आ रहे हैं। उनसे मिलकर..."

"तो मैं भी नहीं जाऊँगी..." बड़ी झक-झक के बाद ये तय हुआ। मदन ब-ज़ाहिर बंबई के लिए रवाना हो जाएगी। एक स्टेशन बाद नई दिल्ली उतर कर किसी होटल में ठहर जाये। सुंदर वहीं आ जाएगा। बड़ी धूम धाम से सारा घर मदन को स्टेशन पहुंचाने गया। वो एक दम फ़िल्म स्टार बन गई, छोटे भाईयों ने तो हार भी पहनाए।

नई दिल्ली उतर कर वो होटल में ठहर गई।

दो प्यासे इन्सान एक दूसरे में ग़र्क़ हो गए।

मदन के सारे दुख दूर हो गए, वो इंतिज़ार की घड़ियाँ, वो ला-मतनाही फ़ासला सब सुंदर के प्यार ने पाट दिया मगर बावजूद ख़ुशामद के सुंदर रात गुज़ारने पर राज़ी ना हुआ... "मेरी माँ मेरे बग़ैर रात-भर बिना खाए बैठी रहेगी।"

"तुम्हारी अम्माँ की..." वो मोटी सी गाली चबा गई। सुंदर की जान को आ गई उस के कपड़े छुपा दिए उस के जूते गोद में दबाकर बैठ गई। दस मर्तबा दरवाज़े से बारहा ख़ुदा-हाफ़िज़ कहने को बुलाया। मगर जाने वाले को ना रोक सकी। वो उसे सूने अजनबी बिस्तर पर सिसकियाँ भरता छोड़कर चला गया।

दूसरे दिन सुंदर हस्ब-ए-वाअदा आ गया। मदन ने पूरा बक्स बियर की बोतलों का बर्फ़ में लगाके रखा था। आतिश-दान में धीमी धीमी आँच उठ रही थी। मदन की नाइटी पिघल रही थी। सुंदर बिअर पीता रहा। और वो उस की आग़ोश में बिखरती रही। काश कोई वक़्त की लगामें पकड़ के रोक देता। ये लम्हे यूँ ही फ़िज़ा में मुअल्लक़ हो जाते वो इसी तरह सुंदर में तहलील हो जाती, दूरी का सवाल मिट जाता। वो पीते रहे, सोते रहे, फिर जाग उठे और

फिर सो गए।

शाम को दोनों नन्हे बच्चों की तरह टब में चुहलें करते रहे। बाहर की दुनिया उनके लिए ख़त्म हो चुकी थी। गीले बदन आतिश-दान के पास दो ज़ानू हो कर उन्होंने अपनी दुनिया पा ली थी।

दिन-भर की बियर का नशा फीका पड़ना से पहले व्हिस्की का रंग चढ़ने लगा। मदन किसी ना किसी बहाने सुंदर को लगाए रखना चाहती थी। अगर उस का बस चलता तो वो उस की ममी बनाकर तकिये पर सुला देती। और फिर उस के मुँह पर मुँह रखकर अबदी नींद सो जाती। बस ना था जो उसे सारी दुनिया से छीन कर अपने दिल के किसी कोने में क़ैद कर दे और ऐसा ज़बरदस्त ताला डाले कि सर पटके, ना खुले।

मगर बियर ना व्हिस्की, सुंदर के जाते क़दम डग-मगा ना सके। मदन पर भूत सवार हो गया। सुंदर ने हस्ब-ए-मामूल उस की ठुकाई शुरू की। इतनी ज़ोर से उसकी पसली में लात मारी कि आँखें निकल पड़ें। घबराकर उसने फिर से उसे बाँहों में समेट लिया। बस यही अदा तो मदन के मन को भा गई थी, उसे यूं बिखेरने और समेटने ही में लुत्फ़

आने लगता था। उस चार चोट की मार ही में लज़्ज़त मिलने लगी थी। मदन तो चाहती ही थी कि वो उसे इतना मारे, इतना मारे कि हड्डियाँ चकनाचूर हो जाएँ। तब वो उसे छोड़ कर ना जा सकेगा।

मगर ख़ानदान वालों की दहशत मदन के प्यार से ज़्यादा मुहीब साबित हुई और वो चला गया। और मदन सुबह तक आहें भर्ती रही, तड़पती रही।

काश वो लंगड़ा,लूला और अपाहिज होता, उस के सब जानने वाले उसे भूल जाते और वो सिर्फ़ उस का हो कर रह जाता। बंबई में सुंदर को एक मर्तबा बुख़ार आया था। दुनिया को लात मार कर वो उस की पट्टी से लग कर बैठ रही। ना उस के घर ख़बर की। ना मिलने-जुलने वालों को आने दिया। बैठी जिस्म से लग कर सो रही। ख़्वाब में उसने देखा गर्म-गर्म सुनहरी आँच में वो पिघलती रही है। और वो सुंदर के जिस्म पर खोल बन कर मंढ गई है। उसके रिश्तेदार किसी जतन से भी मदन का पलस्तर ना खुरच सकेंगे। डाक्टर ने उसे डराया कि अगर वो घंटे में हज़ार बार उसे टटोलेगी तो वो अच्छा ना हो सकेगा।

ख़ुदा ख़ुदा करके रात बीती और दिन हुआ। सुंदर कह गया था कि शायद वो देर से आए। लम्हे पहाड़ हो गए। दीवानी बिल्ली की तरह वो होटल में चक्कर काटती रही। फिर ताँगा ले कर शहर की ख़ाक छान डाली। दो जोड़े लाई थी जो चीकट हो गए थे। उसकी उजाड़ सूरत पर किसी को फ़िल्म स्टार होने का गुमान भी ना था। एक सिनेमा-हाल पर ठठ लगे हुए थे। वहां मदन की हिट फ़िल्म चल रही थी। उसका जी चाहा ताँगे पर खड़ी हो कर दुपट्टा हवा में लहरा कर वही गीत गाने लगे जिसे लोग सुनने के लिए दस-दस मर्तबा जाते थे। मगर उसने टाल दिया। गाने की आवाज़ तो लता की थी। उसकी अपनी आवाज़ तो रात-भर की जगार से फटा बाँस हो रही थी।

करोड़ों के दिल की मल्लिका, ख़्वाबों की रानी के भरे शहर में सुनसान दिल लिए तन्हा वहशियों की तरह जब चक्कर काटते-काटते पैर शल हो गए तो वो कू-ए-जानाँ की तरफ़ चल दी। मगर वहां जाकर मा'लूम हुआ सारा ख़ानदान अमृतसर गया हुआ है। मंगनी की ख़बर सच्च ही निकली।

सर झाड़-झंकाड़, वो सीधी स्टेशन से मेरे यहां

चढ़ दौड़ी। ना जाने कै दिन से न नहाई, ना दाँत मांझे। इतनी बद-सूरत फ़िल्मी हूर मैंने इससे पहले कभी ना देखी थी। मैंने मदन से बहुत कहा, "नहा डालो। कुछ खा लो।"

"अब तो उस सुंदर हराम-ज़ादे की भत्ती ही खाऊँगी। बताओ आपा, क्या करूँ? इस कमीने ने मुझे ख़राब किया और अब ब्याह रचा रहा है।"

"अब बनो मत। तुम पहले ही से ख़राब थीं," मैंने जल कर कह दिया।

"आपा, तुम भी अब कह रही हो। तुम तो बड़ी रौशन ख़्याल हो।"

जी चाहा इसी के लहजे में कह दूं।

"रौशन ख़्याल की दुम भला इससे ज़्यादा रौशन ख़्याली और क्या कर सकती हूँ कि तुम्हारी इस ना-मुराद ज़िंदगी का इल्ज़ाम तुम्हारी महरूमियों और अमिट तन्हाई के सर थोप दूं? क्या मैं तुम्हारी बीती हुई ज़िंदगी के क़दम पलट कर नई राह पर डाल सकती हूँ? क्या ये ज़बरदस्ती हल्क़ में उतारा हुआ ज़हर जो तुम्हारी रगों में जज़्ब हो गया है। निचोड़ कर निथार सकती हूँ कि तुम अलग और ज़हर अलग? नहीं, ये ज़हर तो अब गिरिफ़्त से बाहर हो

चुका है।"

"तुम नहीं जानतीं आपा," उसने ठंडी सांस भर कर कहा। और मैंने सोचा। बे-शक में नहीं जान सकती। तुम जानती हो कि वो ज़िंदगी इन्सान को क्या बना देती है। जहां ना माँ का प्यार, ना बाप की शफ़्क़त, ना भाईयों के प्यार भरे घूँसे, ना बहनों की मीठी मीठी चुटकियां। तुम थूहड़ का पौदा हो। ना फूल ना फल।

सुंदर से मिलने की हर कोशिश नाकाम साबित हुई। जिन फिल्मों में वो काम कर रहे थे वो एक दूसरे की ग़ैर मौजूदगी में बनने लगीं।

एक दिन ना जाने कैसे सुंदर के फ़्लैट में घुस गई। वो पिछले दरवाज़े से निकल भागा। मारे ग़ुस्से के मदन दीवानी हो गई। उसने फाटक पर उसे गिरेबान से जा पकड़ा।

"ख़ून कर दूंगी हरामज़ादे," वो गुर्राई। वो भीगी बिल्ली बना उस के साथ कमरे में चला आया।

"क्या चाहती हो," उसने बजाय मारने पीटने के नर्मी से कहा। काश वो मारता पीटता तो ये ग़ैरत की दीवार टूट जाती, वो उसे मार कर समेट तो लेता। मगर नहीं, वो मारना भी अपनी हतक समझ

रहा था।

"मुझे नौकर समझ कर रख लो। तुम्हारी माँ के पैर धोकर पियूँगी। सुंदर, उन्हें पलंग पर बिठाकर राज कराऊँगी। तुम्हारे नौकर कितना पैसा चुराते हैं। मैं तुम्हारी नौकर बन कर रहूंगी।

"मगर..." वो हकसाया। "सच्ची बात तो ये है भई, में शादी के चक्कर में नहीं पड़ना चाहता।" मगर मदन समझ गई कि ऊंचे घराने का पूत एक बेसवा से बदतर औरत को कैसे ब्याह सकता है वो ख़ुद हज़ार औरतों के साथ रह कर भी कुँवारा है। उस कुँवारी से भी ज़्यादा पाक और मुक़द्दस जिसका कुंवार-पन किसी हादसे का शिकार हो गया।

मर्द सदा कुँवारा ही रहता है। सोने के कटोरे की तरह जिसमें कोई भी पानी पी ले तो गंदा नहीं होता। और मदन कच्चा सकोरा थी जो साये से भी नापाक हो जाता है।

मदन का ख़ून खौल सा गया। सारे ज़ख़्म ताज़ा हो कर छिल गए। पहले तो उसने निहायत फूलदार किस्म की मुग़ल्लिज़ात सुंदर के जनम-जनम को सुनाईं। फिर सारे घर की चीज़ें तोड़ डालीं, तेल की बोतल से आईने के परख़च्चे उड़ा दीए। अलमारी से

गिलास और बर्तन निकाल कर छना-छन बजा दिए। नए सूट निकाल कर ब्लेड से धज्जियाँ उड़ा दीं, स्वेटर, मफ़लर मोज़े, बनियाइन दाँतों से खसोट डाले, सारे शीशे टेनिस के रैकेट से फोड़ डाले। नए क़ीमती जूतों की क़तार की चाक़ू से बोटियाँ उड़ा दीं, दीवारों से फ़्रेम उतार कर जूतों से कूटे। फिर सुंदर की मैली क़मीस में मुँह डाल कर रोने लगी।

सुंदर ख़ामोश सब कुछ देखता रहा। जब मदन ने मुँह से मैली क़मीस हटाई तो वो जा चुका था।

मदन ने फिर मेरे घर पर चढ़ाई की। घंटों मुझसे सुंदर को क़त्ल करने की तरकीबें पूछती रही। वो उसे चट से नहीं मारना चाहती थी। रंझा कर मारना चाहती थी कि सारी उम्र सिसके इसी तरह।

"ना-मर्द कर दूँ सूअर के बच्चे को?"

"मुझे ऐसी कोई तरकीब नहीं मा'लूम," मैंने चिड़ कर कहा।

"उसकी आँखों में तेज़ाब डाल दूं। सारी उम्र को अंधा हो जाएगी।"

मगर ना सुंदर ना-मर्द हुआ ना अंधा, महीनेभर के अंदर वो कोमल सी बहू ब्याह लाया। अछूती, कुँवारी, जिसे फ़रिश्तों ने भी हाथ ना लगाया था,

महीनों दुल्हन-दूल्हा की फ़िल्म इंडस्ट्री में दावतें होती रहीं।

अगर सदमे से मदन ख़ुदकुशी कर लेती या घुल-घुल कर मर जाती तो मेरी कहानी का कितने सलीक़े से ख़ात्मा होता और फिर मैं लिखते वक़्त ज़िल्लत महसूस ना करती। मगर वो पेंदे में सीसा लगे हुए खिलौने की तरह लोट-पोट कर खड़ी हो गई। ऐसी ही एक दावत में वो एक पस्त-क़द नए लड़के के साथ वही अपने अज़ली खुरदुरे क़ह-क़हे लगा रही थी। वो लतीफ़े छोड़ रहा था। मदन को अच्छे लग रहे थे और मुँह के निवाले वो पास खड़े होने वालों पर छिड़क रही थी। सुंदर भी इसी मेज़ पर अपनी शर्मीली दूल्हन को ख़स्ता समोसे खिला रहा था। मुझे देखते ही मदन ने मेरे कान में खुस-फुसाई।

"आपा क्या राय है। शादी करलूं?"

"किस से?" मैंने उकता कर पूछा।

"दर्शन से, मरता है हराम-ज़ादा। कहता है ज़हर खा लूंगा तुम्हारे लिए," वो नई दुल्हन की तरह शरमाई।

"ज़रूर कर लो। नेक काम में देर कैसी?"

इस बात को कितने साल गुज़र गए। मगर उस वक़्त तक जब कि मैं ये आख़िरी सतरें लिख रही हूँ, मदन कुँवारी है, उसके सेहरे की कलियाँ मुँह-बंद हैं। चम्बोर में बंगला लेने का ख़्वाब शर्मिंदा-ए-ताबीर नहीं हुआ। वो ख़ूबसूरत सा बंगला जहां मदन बेगम बैठी हैं। बच्चे चारों तरफ़ से घेरे हुए हैं।

"अम्माँ खाना दो। अम्माँ खाना दो," और वो उन्हें कफ़गीर से मार रही है। बच्चों का बाप मुस्कुरा रहा है।

"मारती क्यों हो बेगम, बच्चे हैं।"

(2) जन्नत की तलाश

जिलानी बानो

"अस्सलामु-अ'लैकुम मौलवी-साहब"

सब बच्चे मौलवी-साहब को देखकर ख़ुश हो गए।

"मौलवी-साहब आज मैंने अल्लाह मियाँ को ख़त लिखा है कि वो हमारे अब्बा को बहुत से रुपये भेज दें", मुन्नी ने ख़ुश हो कर मौलवी-साहब को कहा।

"अल्लाह मियाँ को ख़त नहीं लिखते हैं बेटी", मौलवी-साहब ने मुन्नी को समझाया।

"क्यों...? क्या अल्लाह मियाँ को भी उर्दू पढ़ना नहीं आती है?", मुन्नी ने त'अज्जुब से पूछा... ।

सड़कों पर भीक माँगने वाले। मज़दूरी करने वाले झोंपड़ियों में रहने वाले बेसहारा बच्चों को मौलवी-साहब मस्जिद की आँगन में बैठा कर मज़हबी ता'लीम देते हैं।

अल्लाह मियाँ से दुआ' माँगो अल्लाह मियाँ तुम्हारी दुआ' सुन लेंगे।

"बाबा... अंधा... हूँ। एक रुपया दे दो। अल्लाह आपको हज़ार रुपये देगा", मस्जिद के दरवाज़े पर

खड़ा एक बूढ़ा फ़क़ीर चिल्ला रहा था।

"मौलवी-साहब... क्या अल्लाह मियाँ उस भिकारी की दुआ' सुन लेते हैं", एक बच्चे ने मौलवी-साहब से पूछा।

"तो वो भिकारी अपने लिए अल्लाह मियाँ से हज़ार रुपये क्यों नहीं माँगता?", बच्चों के इन सवालों से मौलवी-साहब घबरा गए। उन्होंने, सबको डाँटना शुरू' कर दिया।

"बकवास बंद करो... कल मैंने तुमसे क्या कहा था...?"

"नमाज़ पढ़ा करो... झूट मत बोलो... चोरी मत करो।"

"वो मौलवी-साहब... मुन्नी झूट बोलती है...", एक लड़के ने मुन्नी को सामने धकेल दिया।

"और उसने कल दूकान पर मिठाई चुरा के खाई थी।'

"तो अल्लाह मियाँ मुझे उस वक़्त देख रहे थे...?", मुन्नी ने घबराकर कहा।

"हाँ। अल्लाह मियाँ हर एक को देखते हैं। हर काम अल्लाह की मर्ज़ी से होता है", मौलवी-साहब ने मुन्नी को समझाया।

"अच्छा...?", मुन्नी के पास बैठे हुए शाकिर ने त'अज्जुब से मौलवी-साहब को देखा।

"अल्लाह मियाँ इतने बहुत से काम कैसे करते हैं...?"

"स्कूल से आने के बा'द तो मुझसे होमवर्क भी नहीं होता। टीचर से कह देता हूँ कि मुझे बुख़ार आ गया था", शाकिर पास बैठे दोस्तों से कहने लगा।

सब बच्चे हँसने लगे। मगर मौलवी-साहब ने सबको डाँट दिया।

"ख़ामोश... बदतमीज़..."

"अगर तुम झूट बोलोगे। चोरी करोगे तो अल्लाह मियाँ तुम्हें दोज़ख़ में डाल देंगे", मौलवी-साहब ने डरावनी सूरत बनाकर बच्चों की तरफ़ देखा।

सब बच्चे भी डर गए। मुन्नी और शाकिर भी घबरा के इधर-उधर देखने लगे।

"दोज़ख़ में क्या होता है...", एक और बच्ची ने मुँह खोल कर पूछा।

"दोज़ख़ बहुत बुरी जगह है", मौलवी-साहब ने डरावनी सूरत बनाकर... इस तरह कहना शुरू' किया कि बच्चे डर जाएँ।

"जो लोग बुरे काम करते हैं। चोरी करते हैं, झूठ

बोलते हैं, अल्लाह मियाँ उन्हें दोज़ख़ में डाल देते हैं।"

दोज़ख़ कहाँ है मौलवी-साहब?", एक बच्चे ने घबरा के पूछा।

"दोज़ख़ ऊपर आसमान पर है। वहाँ अँधेरा होगा। भूक लगेगी मगर खाना नहीं मिलेगा। पीने को पानी नहीं होगा। साँप बिच्छू काटने को आएँगे... बिछाने को बिस्तर मिलेगा न ओढ़ने को चादर मिलेगी!"

मौलवी-साहब डरावनी शक्ल बनाकर बच्चों को दोज़ख़ का हाल सुनाकर डरा रहे थे। सब बच्चे डर के बारे में एक दूसरे के क़रीब आकर मौलवी-साहब की बातें सुन रहे थे। फिर बच्चे ऊपर आसमान की तरफ़ देखने लगे।

"मैं तो दोज़ख़ में कभी नहीं जाऊँगा एक छोटी सी लड़की मुन्नी के पीछे छुप गई। मगर मुन्नी ने उसका हाथ थाम कर समझाया, "अरे रज़िया? तू क्यों डर रही है? मौलवी-साहब को नहीं मा'लूम है। दोज़ख़ आसमान पर नहीं है।", मुन्नी ने रज़िया को थाम लिया।

"अच्छा...? मैं झूट बोल रहा हूँ...?", मौलवी-साहब को ग़ुस्सा आ गया।

"तो फिर दोज़ख़ कहाँ है...? तुझे मा'लूम है...?"

"हाँ मुझे मा'लूम है...?", मुन्नी ने मौलवी साहिब की उठी हुई छड़ी से बचते हुए कहा।

"आप मेरे साथ चलो... मैं आपको दोज़ख़ में ले जाऊँगी।"

"क्या बक रही है तू...?", मौलवी-साहब को ग़ुस्सा आ गया। तो उन्होंने बा-क़ायदा छड़ी उठा ली।

"इतनी सी छोकरी... मेरा मज़ाक़ उड़ा रही है...? तू मुझे दोज़ख़ में ले जाएगी?"

मौलवी-साहब के हाथ में डंडा देखकर मुन्नी डर के मारे अपनी सहेली के पीछे छुप गई और फिर दोनों हाथ कानों पर रख कर रोते हुए बोली, "मैं झूट नहीं बोल रही हूँ मौलवी-साहब। जनगम बस्ती में हमारी झोंपड़ी दोज़ख़ में है। रात को जब हमारा बाबा सेंधी पी कर आता है, अम्माँ को मारता है तो अम्माँ रोते-रोते बोलती है, ये घर तो दोज़ख़ है।"

"अच्छा... तो तेरी अम्माँ बोलती है कि तेरा घर दोज़ख़ में है...?"

"हो मौलवी-साहब। हमारा घर भी दोज़ख़ में है... आप बोलिए न दोज़ख़ में अँधेरा होगा। खाना पानी नहीं मिलेगा...? हमारे घर में भी लाईट नहीं है।

चराग़ में तेल नहीं होता तो अँधेरा हो जाता है।"

"और हमारे घर में पानी भी दूर से लाना पड़ता है। रात को पानी ख़त्म हो जाता है", एक और बच्चे ने कहा।

"रात को भी हमारे अब्बा चावल नहीं लाते थे तो अम्माँ ख़ाली हांडी में पत्थर डाल कर झूट बोलती है कि खाना पक रहा है", एक बच्चा रोने लगा।

बच्चों की बातें मौलवी-साहब ग़ौर से सुनने लगे।

"इसीलिए हमारी दादी गाँव से नहीं आती। बोलती है तुम्हारे घर में ओढ़ने को आसमान बिछाने को ज़मीन है", सब बच्चे हँसने लगे।

"और बारिश होती तो हमारी झोंपड़ी में पानी आ जाता है।"

"रात साँप भी निकला था।"

बच्चों की बातें सुनकर मौलवी-साहब का सर झुक गया।

अब कौन सा अज़ाब है जिससे इन बच्चों को डराऊँ मैं...

अचानक मस्जिद के बाहर शोर होने लगा... लोगों के रोने चिल्लाने की आवाज़ें...

फायरिंग का शोर... चारों तरफ़ लोग भाग रहे

थे। बे-हंगम ट्रेंक ने रास्ते बंद कर दिए थे।

किसी शानदार होटल में बम फटा था।

उसके पीछे मज़दूरों की बस्ती में आग लगी थी।

हर तरफ़ आग के शो'ले नज़र आ रहे थे।

बच्चे डर के मारे रोने लगे। मौलवी-साहब भी उन बच्चों से पीछा छुड़ा के कहीं भाग जाना चाहते थे। मगर पुलिस ने सारे रास्ते बंद कर दिए थे।

सब बच्चे डर के मारे मौलवी-साहब से लिपट गए थे।

"मौलवी-साहब हमें डर लग रहा है।"

"अब हम घर कैसे जाएँगे"

"मौलवी-साहब... क्या आज दोज़ख़ सड़कों पर आ गई है..."

"मौलवी-साहब। आप हमें फिर दोज़ख़ की तरफ़ क्यों ले जा रहे हैं जन्नत की तरफ़ चलिए ना..."

बच्चों के सवालों से घबरा के मौलवी-साहब उन बच्चों को अपने हाथों में छुपाते एक कोने में खड़े थर-थर काँप रहे थे।

या अल्लाह तू ने इन बच्चों के लिए दोज़ख़ तो ज़मीन पर उतार दी है।

जन्नत में ले जाने का वा'दा हश्र के दिन पर

क्यों टाल दिया है...

मुझे वो रास्ता बता दे कि मैं इन बच्चों को जन्नत में ले जाऊँ...

(3) कोइला भई न राख

वाजिदा तबस्सुम

रात तारीक है, मेरे नसीब की तरह... आसमान पर इक्का दुक्का सितारे टिमटिमा रहे हैं। उनका मेरे आंसूओं से क्या मुक़ाबला? मेरी आँखों में तो अनगिनत सितारे झिलमिला रहे हैं, झिलमिलाते ही रहते हैं। कितने दिन हो गए मेरी आँखों ने मुस्कुराना छोड़ दिया है? ऐसा मालूम होता है हंसी से मेरी शनासाई ही नहीं।

आज सुबह से मेरा दिल है कि डूबा जा रहा है। यूं रह-रह कर तो मेरा दिल कभी न धड़का था... मिट्टी के इस नन्हे मुन्ने चराग़ में ऐसी क्या बात थी कि इस के टूटते ही मेरा अपना दिल भी जैसे टुकड़े टुकड़े हो गया। मैंने कितने जतन से, कितने बरसों से इस चराग़ को सँभाल सँभाल कर रखा था... ऐसा मालूम होता था इस चराग़ से मेरी अपनी ज़िंदगी का गहरा नाता है, वो टूटेगा तो में भी टूट जाऊँगी और आज...? आज तो जैसे मेरा सभी कुछ टूट गया। सभी कुछ लुट गया। लेकिन मैं भी कैसी

पागल हूँ... आफ़ताब... जो ये कह रही हूँ कि आज मेरा सब कुछ लुट गया। मेरा तो उसी दिन सब कुछ लुट गया था जिस दिन तुम मुझे छोड़ गए थे... उम्मीदों, आरज़ूओं, और भरोसों के सारे चराग़ तो उसी दिन बुझ गए थे, ये तो मैं ही थी जो ख़िज़ां हो कर भी बहार बहार करती रही... कितनी पागल, कैसी नादान (मुहब्बत करने वाले सच-मुच पागल ही तो होते हैं!) मैं तुमसे शिकायत नहीं कर रही हूँ आफ़ताब... शिकायत और गिले तो अपनों से किए जाते हैं और तुमने ये मौक़ा ही कब दिया कि तुम्हें अपना कहूं या समझूं... सिवाए चंद लम्हों के वो लम्हे जो मेरी ज़िंदगी का हासिल बन गए हैं! काश मैंने यूं टूट कर किसी को चाहा न होता। लेकिन क्या मुहब्बत सोच समझ कर की जाती है आफ़ताब? अब सोचती हूँ तो ये सरासर पागलपन ही नज़र आता है। मैंने दिल भी किस से लगाने की कोशिश की...? तुमसे! तुम जो सच-मुच आफ़ताब ही की तरह बुलंद और दूर थे। लेकिन आफ़ताब मैं सच कहती हूँ तुमने मुझे यूं हौसला न दिलाया होता तो शायद मैं कभी तुम्हारी तरफ़ देख भी न पाती। मैंने तो तुम्हीं से रोशनी हासिल की थी (और तुम्हीं ने

मुझे अंधेरों में भटकने के लिए छोड़ दिया... कैसा दुख है ये!)

कितने सारे साल गुज़र गए हैं कि मैंने कभी तुम्हारे बारे में सोचा तक नहीं... और जो देखो तो ज़िंदगी में तुम्हारे सिवा और दूसरी कोई बात ही नहीं... जैसे अपने आपसे, ख़ुद को बचाती छुपाती फिरती हूँ। आईने में ख़ुद को देखती तक नहीं, कि अपनी सूरत देखूँगी तो तुम याद आ जाओगे। इस सूरत को तुम ने कितना प्यार किया था। कितना प्यार दिया था। कितना ग़रूर बख़्शा था। उन दिनों आईने के सामने जाती तो गालों पर गुलाल सा बिखर जाता था। अपना आपा सँभलता नहीं था। आँखों की जोत दीवाली के चराग़ों की तरह जगमगाती थी। मुझे मेरा माथा चांद मालूम होता था और होंटों पर ऐसी कलियों का गुमान होता था जो अब खुलीं कि अब खुलीं। उन दिनों कोई मुझसे मेरा नाम पूछता तो मुझे झिजक सी आती थी। मैं कैसे कहूं मेरा नाम शम्मा है। शम्मा तो जलती रहती है, और मैं तो मुस्कुराहटों से इबारत हूँ। भरपूर बहारों और दिलकश माहौल से मेरा वजूद महका महका हुआ है। लेकिन मैं ये भूलती थी कि शम्मा का काम

बहरहाल जलना है। मैं अक्सर सोचती हूँ आफ़ताब कि अगर मेरा नाम शम्मा न होता तो क्या वाक़ई मेरी ज़िंदगी यूं न होती? लेकिन तुम्हारा नाम भी तो आफ़ताब है। सूरज भी तो सदा जलता ही रहता है। फिर तुम्हारे हिस्से में दुनिया ज़माने की ख़ुशियां कैसे हुईं और मैं क्यों ग़मों से सजाई गई? शायद ये मेरे अपने सोचने का ग़लत अंदाज़ ही हो। हम औरतें वहमी हुआ करती हैं ना? हाँ ये मेरा वहम ही तो था कि मैं एक मामूली से मिट्टी के चराग़ को यूं दिल समझ कर सँभाल सँभाल कर रखती रही, और आज उसके टूट जाने से यूं उदास हूँ जैसे सारी ख़ुशियों ही से मेरा नाता टूट गया है। शायद ये बात हो आफ़ताब कि उस दिन तुमने हंसी ही हंसी में बहुत गहरी बात कह दी थी।

शम्मा इसे सँभाल कर रखना, जिस दिन ये बुझा समझो अपनी मुहब्बत भी बुझ गई।

वो दीवाली की रात थी... तुम्हें तो याद भी न होगा... ।(और मेरी तो ज़िंदगी ही महज़ याद है) घर के बच्चे पड़ोसियों की देखा-देखी मिट्टी के छोटे छोटे दीये कहीं से ले आए थे और चांदनी की मुंडेरों पर क़तार दर क़तार बहुत सारे दीये जला कर रख

दिए थे। हम दोनों चांदनी पर आए तो सबसे कोने वाला दीया बुझा पड़ा था।

हाय ग़रीब का कोई पुरसान-ए-हाल नहीं! मैंने लरज़ कर कहा और उसे साथ वाले दीये से जलाने को झुकी ही थी कि तुमने हंसकर कहा,

आज इस दीये से ज़्यादा कोई ख़ुशनसीब नहीं। मैंने बौखला कर तुम्हें देखा तो तुम उसी जगमगाती हंसी के साथ बोले थे... हाँ जिसे तुम छू लो!

मैंने तुम्हारी बात काट कर पूछा... और जिसे तुम छू लो...?

दीया मेरे हाथ में काँप रहा था... झिलमिल... झिलमिल... झिलमिल... मुझे नहीं मालूम लेकिन यक़ीनन मेरे चेहरे पर उसी दीये की लौ जागी होगी, यक़ीनन उसके अक्स ने मेरे चेहरे को वो जिला बख़्शी होगी कि तुम मेरी तमन्ना कर सको, इसी लिए तुमने कहा था,

शम्मा... मैं सारी ज़िंदगी तुम्हारी तमन्ना करता रहूँगा!

मेरा हाथ काँपा। यक़ीनन दीया गिर जाता अगर तुम मेरा हाथ न थाम लेते। (वो हाथ जो फिर तुमने कभी न थामा) और तुमने जज़्बात से भरी और

भर्राई आवाज़ से कहा।

शम्मा! इस मिट्टी के चराग़ को मैं अपनी मुहब्बत का अमीन बनालूं...?

मैं वहमों की मारी... औरत पन की सारी कमज़ोरियों समेत तुम्हारी तरफ़ तकने लगी... न जाने अब तुम क्या कहो... और तुमने धीरे से कहा था,

शम्मा इसे सँभाल कर रखना, जिस दिन ये बुझा समझो अपनी मुहब्बत भी बुझ गई। मेरा दिल धड़ धड़ करने लगा। मुहब्बत का ये कौन सा अंदाज़ था कि एक चराग़ को तमाम तर ज़िम्मेदारियां सौंप दीं! लेकिन मैंने कहा न मैं वहमों की मारी थी। तुम्हारे मुँह से निकले हुए अलफ़ाज़ मेरे लिए जैसे आसमानी सहीफ़ा हो गए मुझे सहमा हुआ देखकर तुम ज़रा मुस्कुराए थे और कहा था,

इतनी डरी हुई क्यों हो शम्मा?

मैं इक दम बच्चों की तरह फूट फूटकर रो पड़ी थी... तुमने मुझे कैसी ज़ंजीर में जकड़ दिया है आफ़ताब... चराग़ तो चराग़ ही होताहै कभी हवा के एक झोंके से भी बुझ सकता है, अब तो हर लम्हा दिल रह-रह कर धड़का करेगा कि अल्लाह न करे,

अल्लाह न करे... जो ये बुझे... और जो कभी हवा का कोई सरकश और हासिद झोंका, मेरे आँचल से नज़र बचा कर उसे बुझा ही दे तो मैं कहाँ जी सकूँगी?

तुम कितनी एतिमाद से भरी हंसी हँसे थे... तो तुम इतनी सीरियस हो गईं शम्मा! क्या मिट्टी का यह हक़ीर सा दीया मेरी मुहब्बत पर भारी हो सकता है?

बात मिट्टी और कांच की नहीं आफ़ताब... बात तो एतिक़ाद और रिवाजों की होती है। कांच की चूड़ीयों में क्या धरा होता है? लेकिन किसी के नाम के साथ जब एक नई ब्याहता को पहनाई जाती हैं तो उसकी ज़िंदगी का मोल होजाती हैं... और फिर वो सारी ज़िंदगी उसके अपने अंग का एक हिस्सा हो कर रहती हैं। तुमने तो यूंही एक बात कह दी। लेकिन मैं तो मिट कर रह गई आफ़ताब!

फिर वो रात कभी न आई जब हम साथ साथ चांदनी पर जाते। मैं चराग़ जलाती। तुम मेरी तमन्ना करते और मैं तुम्हारी वफ़ाओं पर भरोसा करती... बस ज़िंदगी जैसे सिमट कर आँचल की ओट में आगई। मैंने अपने कमरे के एक महफ़ूज़

ताक़चे में वो चराग़ उठाकर रख दिया और ज़िंदगी इस जतन में गुज़रने लगी कि मुहब्बत का वह शोला कभी बुझने न पाए। मेरा भोलापन देखो, मारे वहम के मैं एक साथ दो दो बत्तियां रुई की बना कर उसमें डाल देती कि ऐसा न हो कि हवा कमज़ोर पा कर उसे बुझा ही दे... हर-रोज़ मैं उसमें तेल डालती। मैं तो अपना ख़ून भी उस में डाल देती अगर मुझे यक़ीन होजाता कि इस तरह मुहब्बत के चराग़ दिल के ख़ून से अमर हो जाते हैं।

सब में उस चराग़ का चर्चा हो गया... मेरी सहेलियाँ मुझ पर हँसतीं... अरे देखो ये ज़रतुश्तों की तरह दिन रात चराग़ जलाए रहती है! दो एक ने टोह लेने की कोशिश की। लेकिन जिस तरह मुँह बंद कली की ख़ुशबू उसी के तन में छूपी होती है, ऐसे ही अपनी मुहब्बत का राज़ मैंने भी अपने ही तन-मन में रखा। ज़माना बहुत हासिद है, कौन जाने किस का दिल कब पलट जाये और बा'ज़ हवाएं इतनी सरकश और मुँह ज़ोर होती हैं... ।और मेरी मुहब्बत का चराग़ तो इतना नन्हा सा है...

मंज़िल सामने हो तो रास्ते की कठिनाईयाँ हेच हो जाती हैं। मेरी मंज़िल तो मेरे सामने थी, मुझे

किस बात काडर था... कांटों से मैं कभी न डरी... पांव के छालों ने मुझे हिरासाँ नहीं किया, क़दम क़दम... लम्हा लम्हा... बढ़ते हुए हौसलों को ज़माने के ज़ुल्म भी न पीस सके... हालाँकि मेरी ज़िंदगी ही क्या थी... ग़रीब सी लड़की जिसने माँ का सुख देखा न बाप की मुहब्बत... ख़ाला के रहम-ओ-करम के सहारे जिसने जीना सीखा। दो वक़्त की रोटी और तन भर कपड़ा जहां ज़िंदगी की मेराज थी और वक़्त गुज़ारने के लिए जहां ढेरों काम थे... घर भर के मैले कपड़ों के अंबार। बावर्चीख़ाने में झूटे बर्तनों के ढेर। झाड़ने के लिए बड़े बड़े आँगन। सफ़ाई के लिए छोटे बड़े कई कमरे और ख़िदमत बजा लाने के लिए छोटे बड़े घर भर कर कई कई आया... लेकिन प्यार की इक निगाह, मोहब्बत का एक अनकहा बोल... मिट्टी का एक छोटा सा दीया... ये सब तेज़ झुलसती हुई धूप को कैसे ख़ुन्क छाओं से बदल देते हैं?

उस दिन दोपहर में सबको खिला-पिलाकर, हर काम से निबट कर जब मैं अपने बिस्तर पर लेटी तो पता नहीं क्या हुआ, घर भर के बच्चे आकर मेरे सर हो गए।

बजिया... प्लीज़ कहानी सुनाईए!

हाय अल्लाह! कहानी? और वह भी दिन में... नहीं नहीं, ऐसे तो मुसाफ़िर राह भटक जाते हैं... मैंने घबरा कर कहा।

नहीं बाजी... आज बड़े चचा आगए हैं, वो हमें सरेशाम ही बिस्तरों में घुसा देते हैं कि बच्चों को जल्दी सो जाना चाहिए, तो आज हमें आप दिन ही में कोई कहानी सुना दीजिए।

सब कामों से निबट कर, ये भी तो मेरा आख़िरी काम होता था कि रात में सब बच्चों को कहानियां कह कर सुलाऊं... दिन में कहानियां मुझसे कभी न कही गईं। मैंने सुना था दिन में कहानियां कहो तो मुसाफ़िर रास्ते भूल जाते हैं। राह भटक जाते हैं... मैं वहमों की मारी। मेरा दिल ये सोच कर टूटा करता, अल्लाह जाने कौन किस इरादे से किस राह जाना चाहे और रास्ता भूल बैठे... मैं क्यों किसी की मंज़िल खोटी करूँ? लेकिन उस दोपहर में बच्चों ने मुझे दम न लेने दिया। मेरी एक न चलने दी।

देखिए आपी अगर आपने कहानी न सुनाई तो हम आफ़ताब भय्या को कह देंगे। तुम घर के सबसे बड़े थे, सब तुम्हारा नाम लेकर एक दूसरे को डराया

करते थे।

आफ़ताब भय्या! मैं तुम्हारा नाम दिल ही दिल में गुनगुना कर बोली। मेरे ख़ुदा ये किस का नाम मेरी ज़बान पर है और मैं जैसे सब कुछ भूल कर कहानी सुनाने लगी। किसी शहज़ादे-शहज़ादी की नहीं, इसी रहती बस्ती दुनिया की... मेरी तुम्हारी...। लेकिन आफ़ताब! मैंने देख लिया कहने वाले ग़लत नहीं कहा करते, दिन में कहानियां सुनाने से मुसाफ़िर सच-मुच रास्ता भूल जाते हैं। अपनी मंज़िल पाते पाते भटक जाते हैं। मैंने दिन में कहानी सुनाने की जो ग़लती की। उसका भुगतान आज तक भुगत रही हूँ। सोचती हूँ ये कहानी मैंने शुरू ही क्यों की थी?

और फिर यह हुआ कि दम-ब-दम उस चराग़ की लौ नीची होती गई। मैं फिर भी उसे जलाने और जलाने की अपनी सी कोशिश किए गई लेकिन दिल का लहू भी काम न आया!

आज दिल को थोड़ी बहुत तस्कीन बस बीते दिनों को याद करने से मिल रही है। शायद आज के बाद मैं कभी उन दिनों को याद भी न कर सकूँ! ये कैसी अजीब बात थी आफ़ताब कि ज़िंदगी में तुम

कभी खुले आम अपनी मुहब्बत का एतराफ़ किया न कोने खुदरों में सरगोशियाँ ही कीं... निगाहें! सिर्फ़ तुम्हारी वो बोलती हुई, मुस्कुराती हुई, अह्दो पैमां करती हुई, सारी दुशवारियों को पीस डालने के बलंद बाँग दावे करती हुई निगाहें ही तो थीं जिन्हों ने मुझे तुम्हारी मुहब्बत का यक़ीन दिलाया... मुझे आज भी तुम्हारे उन जज़्बात पर नाज़ है कि तुमने कभी सतहीपन का मुज़ाहरा नहीं किया... समुंदर की वसीअ ज़ात की तरह तह ही तह में मुहब्बत की कारफ़रमाइयाँ लहरें लेती थीं। ऊपरी सतह ख़ामोश पुरसुकून! कोई कैसे समझ सकता था कि तुम एक ग़रीब सी बदनसीब सी लड़की से इतना भरपूर प्यार करते हो। ये तो सिर्फ़ मैं थी जो तुम्हारी मुहब्बत की राज़दार थी। चंद लम्हे मेरी ज़िंदगी का हासिल हैं, कैसे गहरा प्यार छलक पड़ता था कभी कभी तुम्हारी छोटी छोटी बातों से!

अँधेरी रात में एक-बार मैं सीढ़ीयां चढ़ रही थी, तुम उतर रहे थे। मैं चाप सुनकर ही समझ गई ये तुम हो। मैंने सोचा अल्लाह न करे तुम कहीं गिर न जाओ। इसी लिए मैंने ज़रा झिजक कर कहा था,

सँभल कर उतरिए। अंधेरा बहुत गहरा है।

तुमने जगमगाती आवाज़ में जवाब दिया था... तुम्हारे चेहरे का चांद जो साथ है!

एक तेज़-धूप वाली दोपहरी में तुम बाहर से आए तो मेरा दिल रो उठा।

ठंडे पानी से मुँह हाथ धो लीजिए। कैसी सख़्त धूप से आप हो कर आए हैं!

धूप? तुमने मुस्कुरा कर कहा था... मैं जिधर जाता हूँ तुम्हारी इन लाँबी लाँबी ज़ुल्फ़ों का साया मुझ पर चलता जाता है!

एक चाँदनी-रात... चांद के भरपूर हुस्न के मुक़ाबिल तुमने मेरा हक़ीर वजूद खड़ा किया था और अपनी जवाँ साँसों और मज़बूत हाथों के साथ मेरे क़रीबतर हो कर मुझे छू कर कहा था।

चांद में इतना नूर कहाँ है?

मेरे वहमों के साथ साथ ज़िंदगी में क़दम क़दम पर कैसे भरपूर भरोसे थे... आज भी तो चेहरे का वही चांद है। ज़ुल्फ़ों की वही इत्र बेज़ और ठंडी घटाऐं हैं। आँखों के, इंतिज़ार में बसे हुए डूबे हुए दीये हैं, लेकिन एक तुम नहीं हो और तुम क्या जानो सिर्फ़ तुम्हारे न होने से इस ज़िंदगी का क्या रंग है...?

मैं सोचती हूँ आफ़ताब! लकड़ियाँ कितनी ख़ुशनसीब होती हैं कि धुआँ धुआँ हो कर, जल जल कर राख हो सकती हैं, हो जाती हैं। मैं पापिन तो धुआँ बनी न राख जली... लम्हे लम्हे की संग दिल वारदात मेरे दिल से पूछो और ये देखो में भी कैसी सख़्त जान थी जो ज़िंदा रही, ज़िंदा हूँ!

वो दिन मैं कभी नहीं भूल सकती... तुम बेहद शादमाँ, बश्शाश और बहुत गहरे अज़्म से मेरे पास आए और बोले,

शम्मा... ज़िंदगी कितनी ख़ूबसूरत है... लेकिन इस से भी ज़्यादा एक और ख़ूबसूरत चीज़ है... पैसा!

मैं सर से पांव तक लरज़ गई और बुरी तरह चौंक कर तुम्हें देखने लगी। तुम इक दम शफ़्फ़ाफ़ सी, बेदाग़ हंसी हंस पड़े, घबरा गईं? मैं सिर्फ़ ये कह रहा था शम्मा, अब ज़िंदगी इस मुक़ाम पर आगई है कि मैं चाहूँ तो ख़ुशी से तुम्हें अपना लूं। मुझे भला कौन रोकेगा? लेकिन मैं ये चाहता हूँ कि हमने जो ज़िंदगी में अब तक सिर्फ़ दुख उठाए हैं, ग़रीबी ही देखी है, तो अब इस रास्ते को छोड़कर एक नया रास्ता अपनाएं। जहां ख़ुशी हो, मुहब्बत हो और

ज़िंदगी का हर ऐश भी हो।

मैं बेहद सहमे हुए दिल के साथ सुनती रही... शम्मा पहले मैं ज़रा अपनी लाईफ़ बना लूं... मेरा मतलब है कुछ पैसा जमा कर लूँ, कार ख़रीद लूं, फिर ठाट से तुम्हें ब्याह कर ले जाऊं। तुम्हें भी तो ज़िंदगी का कुछ हुस्न मिले।

तुम्हारी मुहब्बत के बदले में मैंने अपनी ज़बान शायद रहन रख दी थी, कभी तुम्हारे सामने होंट न हिला पाई। लेकिन जैसे मेरा रोवां रोवां चीख़ उठा... मुझे पैसा नहीं चाहिए आफ़ताब, मुझे दौलत की हवस नहीं है। मुझे सिर्फ़ तुम्हारी मुहब्बत चाहिए। मुझे अपने प्यारे हाथों के हार पहना दो, अपने गर्म-गर्म होंटों का टीका मेरे माथे पर सजा दो। मेरे सुहाग और मुहब्बत की बस उतनी ही मांग है... लेकिन मैंने कहा ना कि मैंने तुम्हारे आगे सिर्फ़ अपनी आँखें झुकाना ही सीखा था।

और तुम चले गए।

यूं कहने और सुनने में कितनी मामूली सी बात लगती है कि एक शख़्स को जाना था और वो चला गया... लेकिन ये मैंने उन्हीं दिनों जाना कि जगमगाता चांद तारीक क्योंकर होजाता है। फूल

अपना हुस्न कैसे खो देते ही। बहारें ख़िज़ाओं से कैसे बदल जाती हैं... और धीरे धीरे, हँसने मुस्कुराने वाले होंट, अपनी मुस्कुराहटें आंसूओं को कैसे तज देते हैं... और तुमसे ये बता दूं आफ़ताब कि तुमने मेरी आँखों के लिए जो एक बहुत प्यारी और अनोखी सी तशबीह दी थी कि मेरी आँखें देखो तो ऐसा मालूम होता है जैसे सच्चे हीरे, जगर मगर करते हीरे कूट कर अल्लाह मियां ने ये आँखें बनाई हैं, तो वही आँखें अपनी जगमगाहट खो कर जैसे दो बुझे हुए चराग़ बन कर रह गईं।

जहां हौसला हो वहां इरादे भी साथ देते हैं। तुम्हारे बेपनाह हौसलों ने तुम्हें कामयाबियों से हमकनार कर दिया। आज यहां, कल वहां।तुम्हारा बिज़नेस फैलता गया... तुम अमीर से अमीर तर होते गए... ख़ूबसूरत कोठी, फ़ोन, फ़र्ज, नौकर-चाकर और गाड़ियां तो यूं बदली जाने लगीं जैसे कोई कपड़े बदलता है... मैं भी सब के साथ नई कोठी में उठ आई थी। ऐसी ज़िंदगी जिसका तसव्वुर इन्सान ख़्वाबों में ही कर सकता है। अब सभी को और मेरा मुक़द्दर थी... (लेकिन तुम कहाँ थे?) दौलत आई तो ज़िंदगियों में मग़रबियत दख़ील होने लगी... लेकिन

मैं जिस मुक़ाम पर थी वहीं रही... सूरजमुखी के मासूम और नादान फूल की तरह जो सदा सूरज की तरफ़ तकता रहता है।

एक रात सब लोग किसी पार्टी में गए हुए थे। फ़ोन की घंटी अचानक बजने लगी। मैंने ही फ़ोन उठाया... तुम थे। दिल्ली से बात कर रहे थे... इतनी दूर से! मेरा दिल लरज़ उठा।

हेलो... मैं आफ़ताब बोल रहा हूँ, उधर कौन है?

मैं डूबते दिल से बोली... मैं... मैं शम्मा हूँ...

क्या कर रही हो?

जल रही हूँ...

उधर से एक भरपूर हंसी, ओफ़्फ़ो! तुम तो डायलॉग बोल रही हो!

न जाने एक साथ कितने सारे आँसू मेरी आँखों में उमड पड़े।

मैंने रोकने की कोशिश भी नहीं की... बनते बिगड़ते जुमलों को मेरे आंसूओं ने भिगो भिगो दिया... आफ़ताब! मैं तुम्हारे बग़ैर ज़िंदा नहीं रह सकती। तुम आते हो, फिर चले जाते हो, फिर आते हो फिर चले जाते हो... मुझसे बात तक करने का वक़्त तुम्हारे पास नहीं होता। ये चेहरा आज भी चांद

है। आँखें आज भी हीरों की तरह दमकती हैं। ज़ुल्फ़ों में आज भी सावन की घटाएं झूमती हैं। लेकिन तुम कहाँ हो आफ़ताब...

उधर से फ़ोन कट गया।

तीसरे दिन प्लेन से तुम आए। शोफ़र गाड़ी ले कर एरोड्रम गया था। तुम नवाबों की सी शान और तमकनत के साथ उतरे। किचन की एक खिड़की कॉरीडोर में खुलती थी। तुम इधर उधर देखते चले आरहे थे। जैसे किसी को ढूंढ रहे हो। शायद तुम्हारी आँखों को मेरी तलाश हो। मैंने दुखे दिल से सोचा। लेकिन तुम दप् दप् करते ऊपर चले गए। शाम को मैं पौदों में पानी दे रही थी कि तुम बाग़ में निकल आए।

अरे शम्मा तुम... माली कहाँ है, ये तुम क्या करती रहती हो हमेशा। काम... काम... काम... इतने सारे नौकर जो हैं?

मैंने पहली बार तुम्हारी आँखों में बे-ख़ौफ़ी से झाँका... आफ़ताब सभी फूल तो ऐसे नहीं होते जो माली के हाथों खिल सकें...

इक दम तुम चौंके... तुम आजकल बहुत डायलॉग बोलती हो... ईं, और भई उस दिन ट्रंक

काल पर तुम ये क्या नादानी करने लगीं? कोई ऐसा रोया करता है? मैंने तो घबरा कर रिसीवर ही रख दिया।

मैं कुछ न बोली। पौदों में पानी डालती रही। लड़कियां बहुत अहमक़ होती हैं। ज़िंदगी भर मुहब्बत के पौदों में उम्मीदों का पानी डालती रहती हैं... और मैं भी तो एक लड़की ही थी... सब लड़कियों जैसी... बल्कि उनसे कुछ ज़्यादा ही नादान।

और मुझे उस दिन पर हैरत है जब मैं इतनी बे-बाक हो गई थी कि तुम्हारे मुक़ाबले पर आ खड़ी हुई थी... ये तुम्हारा एहसान था या ज़ुल्म। पता नहीं, बहरहाल तुमने मुझे नित-नए कपड़ों और ज़ेवरों से लाद दिया था। सभी से तुम्हारा ये मुतालिबा था कि गूंदनी के पेड़ की तरह ज़ेवरों से लदी रहें। घर के लड़के कारें उड़ाए फिरते, लड़कियां नए नए फ़ैशन के कपड़ों और ज़ेवरों से सजी बनी कोठी पर अपनी सहेलियों और दोस्तों के साथ हंगामा मचाए रखतीं... और तुम जो उन दिनों नऊज़-बिल्लाह सब के पालनहार बने हुए थे। ये सब देख देखकर ख़ुश होते रहते कि सब लाईफ़ को किस क़दर इनज्वाए कर रहे हैं और ये देख देखकर कुढ़ते

रहते कि मैं इतनी ख़ुशियों के बावजूद किस तरह... बेतरह उदास रहती हूँ। पहनने-ओढ़ने से मुझे रग़बत नहीं। घूमने-फिरने का शौक़ नहीं। आने-जाने में दिल नहीं लगता, महफ़िलों से भागती हूँ... मैं क्या करती आफ़ताब... मेरा तो दिल ही जैसे मुर्दा हो गया था... तुम सचमुच ही आफ़ताब बन कर रह गए थे जिसे हर लम्हा देख तो सकते हैं, हाथ बढ़ा कर छू नहीं सकते। अपना नहीं सकते।

उस दिन तुम कलकत्ता से आए हुए थे। तुमने अपने दोस्तों को एक पार्टी दे डाली। इंतिज़ाम तो मुझे ही करना था सो मैंने कर दिया लेकिन उन हंगामों से मुझे क्या दिलचस्पी हो सकती थी? तुमने मुझे जता दिया था, देखो शम्मा! ख़ुदा के लिए आज ज़रा अच्छे कपड़े पहनना और ख़ूबसूरत... खैर वो तो तुम नज़र आओगी ही!

मैंने बेदिली से वो जोड़ा पहन लिया, जिससे मेरी देरीना यादें वाबस्ता थीं। जिन दिनों तुम ग़रीब थे लेकिन मेरे थे। अँधेरी रातों में जिन दिनों तुम मेरे चेहरे की रोशनी में अपने रास्तों के लिए चराग़ फ़राहम कर लिया करते थे... स्याह शलवार, स्याह क़मीस और स्याह दुपट्टा, जिन पर सितारे टंके हुए

थे। तुम किसी काम से अंदर आए तो, थे तो बड़ी लपक झपक में... लेकिन मुझे देखकर ठिटक से गए।

शम्मा... ये दुपट्टा...

मैंने तुम्हारी बात काट दी... इसे मेरा मुक़द्दर समझ लो... स्याह तारीक... और इन सितारों को आँसू... शायद ये निशानी तुम्हें कुछ सोचने पर उकसाए।

तुम कैसी बातें कर रही हो शम्मा?

मैं फट पड़ी... आफ़ताब मुझे मत आज़माओ... ख़ुदा के लिए मुझे मत आज़माओ... मैं घुट रही हूँ, मर रही हूँ, तुम्हें कुछ एहसास नहीं होता... आंसूओं ने मेरा गला रुँधा दिया... आज मैं तुमसे तुम्हीं को माँगती हूँ। बोलो आफ़ताब! जब अल्लाह ने तुम्हें दुनिया जहान की नें'मतों से नवाज़ दिया है तो तुम मुझे क्यों टाल रहे हो...

पागल न बनो शम्मा... मैं तुम्हें टाल नहीं रहा हूँ भाई, क़िस्सा दरअसल ये है कि अभी मेरे सामने इतने प्रोग्राम हैं कि मैं ख़ुद गड़बड़ा गया हूँ। देखो पंद्रह दिन बाद मुझे लंदन जाना है, वहां से लौटूं तो शायद कई दिनों के लिए दिल्ली जाना पड़ जाये।

अगले छः महीनों में मुझे पैरिस... हांगकांग...

मैंने अपने कानों में उंगलियां ठूंस लीं। मैं चीख़ उठी।

आफ़ताब! सोने के मत बन जाओ। ख़ुदा के लिए गोश्त-पोस्त के इन्सान बने रहो कि मैं तुम्हें पा भी सकूँ, छू भी सकूँ और छूऊँ तो ये एहसास भी कर सकूँ कि मैंने मुहब्बत और प्यार से भरपूर एक गुदाज़ दिल को, जिस्म को छुवा है, ये एहसास न हो कि मैंने एक सोने के मुजस्समे को मुहब्बत दी है।

तुम हक्का बका रह गए। शायद तुम्हें तवक़्क़ो न थी कि मैं, जो सदा एक गूँगी के किरदार में तुम्हारे ड्रामे में पार्ट करती रही, यूं बोल भी सकूँगी। मैं अचानक दीवानों की तरह उठी और ऊंचे कारनिस पर से वो नन्हा मुन्ना चराग़ उठा लाई जो मेरी उम्मीदों की तरह रह-रह कर टिमटिमा रहा था।

इसे फूंक मार कर बुझा दो आफ़ताब... अब मैं ज़िंदगी से हार गई हूँ। मुझमें वो हौसला नहीं कि मैं इसे दिल का ख़ून देकर भी ज़िंदा रख सकूँ...

तुमने चराग़ को बेमानी निगाहों से देखा... ।उसे बुझाया नहीं। (लेकिन जलाया भी नहीं)

उस रात की पार्टी की एक बात मुझे याद रह

गई है। तुमने अपने दोस्तों का हम सब बहनों से तआरुफ़ कराया था और तुम्हारी ही टक्कर के एक बिज़नेस मैन दोस्त असलम ने, मुझसे हाथ मिलाते वक़्त बेहद शदीद हैरत और सच्चाई के साथ कहा था,

यार आफ़ताब... क्या बेवक़ूफ़ी थी... आज के दिन तक यही समझता रहा था कि हूरें मरने य बाद ही मिलेंगी!

फिर चंद दिनों बाद ख़ाला अम्मी ने मेरे सामने एक अजीब-ओ-ग़रीब बात पेश की।

बेटी... तुम जानती हो आफ़ताब कितना रोशन ख़्याल लड़का है, उसने अपनी बहनों को भी बेजा पाबंदियों से दूर रखा है और तुम्हें भी वो अपनी बहनों की तरह हर ऐश आराम मुहय्या करना चाहता है। असलम आफ़ताब का बहुत गहरा बहुत प्यारा दोस्त है और ख़ुशी की बात ये है कि उसने तुम्हें बेहद पसंद किया है। वो तुमसे शादी करना चाहता है। वो कुछ ठहर कर बोलीं, हम सब और ख़ास तौर से आफ़ताब इस रिश्ते से बेहद ख़ुश है।

उसके बाद तो सुनने के लिए कुछ भी न रह गया। मैं इस उसूल की क़ाइल हूँ कि मुहब्बत ऐसा

जज़्बा है जो ज़बरदस्ती किसी से नहीं जोड़ा जा सकता। जब तुम ही ने मुझे ठुकरा दिया तो मैं तुम्हारे सामने इस घर में रह कर ही क्या करलेती... मैं तो बहरहाल एक बोझ थी जो किसी न किसी के सर लाद दिया जाता। मैंने हाँ, ना कुछ भी न कहा। बस अपना सर झुका लिया। अब मैं सर उठा कर जी भी कैसे सकती थी? लेकिन ये कैसा दुख है आफ़ताब जो जी से जाता ही नहीं, मैं कहानियां पढ़ती थी जिनमें हमेशा दो मुहब्बत करने वालों के बीच, ज़माना, समाज या कोई रक़ीब आड़े आजाता था। मुहब्बत इसी लिए सदा मुसल्लस से ताबीर की जाती रही है। लेकिन मेरे नसीब में ये कैसा ग़म लिखा था कि न तो कोई समाज मेरे लिए दीवार बना, न ज़माने ने अड़चन डाली। न कोई रक़ीब ही पैदा हुआ। तुम्हीं मेरे सब कुछ थे और तुम्हीं ने मुझे भरी बहार में लूटट लिया... तुम्हीं ने सुहाग की बिंदिया मेरे माथे पर सजाई और तुम्ही ने मिटा दी... जीवन मरण का सारा खेल तुम्हारे ही हाथों अंजाम को पहुंचा।

जब मैं ब्याह कर नए घर आई तो वो दीया अपने साथ ही उठा लाई। असलम ने देखा, मैं दीये

की ऐसी दीवानी हूँ तो उसने मेरे घर को सदा दीवाली का रूप दे दिया... नन्हे-मुन्ने रंगीन क़ुमक़ुमे यहां से वहां तक सारे लॉन में, दरख़्तों में, हद ये कि नन्हे-मुन्ने पौदों तक में लगवा दिए।

तुम्हें उजालों से प्यार है और मुझे तुमसे... और उसने मुहब्बत से सरशार हो कर बेहद आम शौहरों वाली, हज़ार बार की कही बात दुहराई।

जान ये तो हक़ीर क़ुमक़ुमे हैं, तुम कहो तो मैं आसमान के सारे जगमगाते सितारे तोड़ कर तुम्हारे आँचल में डाल दूं...

असलम बेचारे को यह बात नहीं मालूम आफ़ताब कि जिन सितारों के तोड़ लाने का जतन वो करता रहता है, वो आज से सालों पहले तुमने चुन-चुन कर मेरी आँखों में बसा दिए हैं।

मुझे असलम पर कैसा कैसा तरस आया है... इस बेचारे ने क्या क़सूर किया है कि उसे मुहब्बत से महरूम ज़िंदगी मिले... और फिर इतना टूट कर चाहने वाला शौहर... इसी लिए आज मैंने अपने हाथों से इस मिट्टी के दीए को ज़मीन पर पटख़ दिया। मैं उन यादों के लिए क्यों अपना जीवन बर्बाद करूँ जो मुझे ख़ुशी का एक लम्हा भी नहीं दे

सकतीं। लेकिन सुबह से अब तक... मैं एक लम्हे को भी सुकून नहीं पा सकी हूँ। रह-रह के दिल में कांटे से टूट रहे हैं और आँसू तो यूं टूट टूट कर गिर रहे हैं जैसे सारी दुनिया बहा ले जाएंगे। दिल की दुखन का ये आलम है जैसे छाले टपक रहे हों। बेपनाह ख़ुशियों, मुहब्बत करने वाले साथी और रंगीन बहारों में घिरी होने के बावजूद जैसे मेरी रूह तरस तरस कर कराहती है... मैं तन्हा हूँ... मैं अकेली हूँ... मैं अकेली हूँ...

(4) शहर

तरन्नुम रियाज़

प्लास्टिक की मेज़ पर चढ़ कर सोनू ने ने'मत-ख़ाने की अलमारी का छोटा सा किवाड़ वा किया तो अंदर क़िस्म-क़िस्म के बिस्कुट, नमक-पारे , शकर-पारे और जाने क्या-क्या ने'मतें रखीं थीं। पल-भर को वो नन्हे से दिल पर कचोके लगाता हुआ ग़म भूल कर मुस्कुरा दिया। और नाइट सूट की लंबी आसतीन से सूखे हुए आँसुओं भरे रुख़्सार पर एक और ताज़ा बहा हुआ आँसू पोंछ कर उसने बिस्कुट का डिब्बा हाथ में ले लिया और अपने पाँच साला वजूद का बोझ सँभालता मेज़ से नीचे उतर आया। उसे भूक भी बहुत लगी थी। सुब्ह से उसने कुछ नहीं खाया था, उसकी छोटी सी अढ़ाई बरस की बहन सोबिया भी सुब्ह से भूकी थी। सारा दिन वो मसहरी पर लेटी अपनी मम्मी को पुकार-पुकार कर थक गई थी। और बहुत ज़ियादा रोते रहने के बाइ'स निढाल सी हो कर उसने अपना घुंघरियाले बालों वाला नन्हा सा सर अपनी अम्मी के फैले हुए बाज़ू पर रख छोड़ा

था... दिन-भर शायद वो सोती रही थी और कुछ देर पहले ही उठ कर ड्राइंगरूम में आई थी।

इस शहर में आए उन्हें सिर्फ़ एक हफ़्ता हुआ था।

अमान को बहुत अ'र्से से इस शहर में अपनी तब्दीली करवाने की ख़्वाहिश थी लेकिन इसमें बस एक ही परेशानी थी कि रिहाइश का इंतिज़ाम निहायत मुश्किल काम था। उसके क़स्बे के अनवार साहिब भी इस कंपनी में काम करते थे मगर वो हैड ऑफ़िस से वाबस्ता थे और शहर में रिहाइश-पज़ीर थे। रिहाइश भी कंपनी की तरफ़ से मिली हुई थी क्योंकि वो पच्चीस बरस से उसी दफ़्तर में थे। इसके बा'द आने वाले मुलाज़िमीन में से बहुत कम को फ़्लैट मयस्सर आया था। ग़ैर शादी-शुदा लोग तो एक कमरे वाली रिहाइश में दो, या तीन-तीन के हिसाब से होस्टल की तरह कमरा बांट लेते थे मगर फ़ैमिली वाले अरकान के लिए ये मसअला सबसे पेचीदा था।

अमान अपने क़स्बे में कंपनी का ब्रांच मैनेजर था। अनवार साहिब हर तीन माह के बा'द अपनी कंपनी का कोई काम निकाल कर अपने आबाई घर

आते। बुज़ुर्ग वालिदैन से मुलाक़ात भी हो जाती और कंपनी का काम भी निमटा लेते।

इस बार अनवार साहिब अपने साथ अमान के लिए कुछ सपने भी ले आए थे। बड़े शहर में रहने के। बच्चों को बड़े-बड़े स्कूलों में ता'लीम दिलवाने के और हैड ऑफ़िस में रह कर तरक़्क़ी के नए

रास्ते वा होने के।

वो रिटायरमैंट ले रहे थे और अमान के लिए ट्रांसफ़र की बात भी कर आए थे।

अमान अगर बर-वक़्त न पहुँचता तो उसे और कुछ बरस इंतिज़ार करना पड़ता और फ़ैमिली फ़्लैट उसे जब ही मिलता जब फ़ैमिली साथ होती वर्ना उसे बैचलर रूम्ज़ में रहना था। अनवार साहिब ने फ़्लैट की चाबी अभी दफ़्तर में जमा' नहीं कराई थी। वो ये काम अमान की मौजूदगी में कराना चाहते थे। डिप्टी डायरेक्टर उनकी इ'ज़्ज़त करते थे , उन्हें यक़ीन था कि वो उनकी बात मान लेंगे। और इससे पहले कि कोई दूसरा आने की कोशिश करता, वो किसी की इ'ल्मियत से पेशतर अमान के हक़ में फ़ैसला चाहते थे।

अमान ने दो दिन के अंदर सारी तैयारियाँ

मुकम्मल कर लीं और मा' बाबरा और बच्चों के शहर रवाना हो गया।

अनवार साहिब का फ़्लैट 14 मंज़िला इ'मारत का सबसे ऊपरी फ़्लैट था। इ'मारत की हर मंज़िल पर तीन-तीन फ़्लैट थे मगर सबसे ऊपर वाली मंज़िल में यही एक फ़्लैट था। क्योंकि एक तरफ़ डिश एंटीना था और दूसरी तरफ़ पानी की टैंकियाँ। दरमियान में ये एक फ़्लैट बन पाया था। उसके ऊपर बड़ा सा कुशादा टैरेस था जिसमें तक़रीबात वग़ैरह हुआ करतीं। वहाँ से नीचे देखने पर सारा शहर दुल्हन के सितारे लगे आँचल की तरह नज़र आता।

इससे नीचे के तीन फ्लैट्स में से दो आबाद थे और एक पर कुछ तनाज़ा चल रहा था। एक फ़्लैट के मकीन कहीं बाहर गए हुए थे और एक में अमान की ही कंपनी में काम करने वाले विक्रम भसीन रहते थे

बाबरा को फ़्लैट और अमान को शहर बहुत पसंद आया। फ़्लैट कुशादा था। तीन ख़्वाबगाहों, ड्राइंगरूम और बावर्चीख़ाने पर मुश्तमिल। हर कमरे के साथ मुल्हिक़ा ग़ुस्ल-ख़ाने, और लिबास बदलने के लिए छोटा सा अहाता। ऊंची छतें , बड़ी-बड़ी खिड़कियाँ,

लंबे-लंबे दरवाज़े। तीन दिन में फ़्लैट सज गया। ज़रूरत का सब सामान आ गया सिवाए टेलीफ़ोन के। टेलीफ़ोन की फ़ीस पिछले तीन माह से अदा नहीं हुई थी और इन मेहरबानियों के बदले अमान को अनवार साहिब के लिए इतना तो करना ही था। वर्ना ख़्वाह-मख़ाह अनवार साहिब की ग्रैजुएटी वग़ैरह मुतास्सिर होती। बल्कि अमान को तो कई महीने का बिजली का बिल भी भरना पड़ा था जब जा कर बिजली की स्पलाई बहाल हुई। टेलीफ़ोन का बिल अदा करने का वक़्त नहीं था क्योंकि अमान ने पहले दिन ऑफ़िस ज्वाइन करने के बा'द दुबारा ऑफ़िस का रुख़ तक नहीं किया था कि बग़ैर बिजली के इस शहर में एक दिन के लिए भी रहना मुश्किल था और सारा वक़्त उसे इधर-उधर भटकना पड़ा था।

कोई पाँचवें दिन अमान दफ़्तर गया कि भसीन साहिब के फ़्लैट में उसके लिए फ़ोन आया था। उसे साईट पर जाना था और वापसी दूसरे दिन की थी। वहाँ कुछ ऐसा काम पड़ गया कि अमान दूसरे दिन न आ सका।

सुब्ह दरवाज़े की घंटी बजी थी तो सोनू की आँख उसी आवाज़ से खुल गई थी। मम्मी और सोबिया

सो रही थीं। सोनू दरवाज़े तक गया और उसने दरवाज़े की निचली चटख़्नी भी खोली थी मगर मेज़ पर खड़े होने के बावुजूद उसका हाथ दरवाज़े के ऊपर वाली चटख़्नी तक न पहुँची सका।

"जी कौन है?", उसने पुकारा भी था मगर बाहर से कोई जवाब न आया। आने वाले ने शायद उसकी आवाज़ नहीं सुनी थी। और दरवाज़ा न खुलने पर लौट गया था।

"मम्मी। कोई घंटी बजा रहा है। मम्मी... मम्मी।", उसने कई बार मम्मी को पुकारा था मगर मम्मी जाने आज कैसी नींद सो रही थीं। जाग ही नहीं रही थीं।

"मम्मी... मम्मी जी... कोई दरवाज़े की घंटी बजा रहा है।", उसने ऊंची आवाज़ में पुकारा तो सोबिया ने अब्रुओं के रुख़ पर ख़मीदा पलकों वाली मुनी-मुनी आँखें खोल दीं। और उठ कर बैठ गई। आँखें झपक-झपक कर इधर-उधर देखा और भाई को मम्मी पुकारते सुनकर ख़ुद भी मम्मी-मम्मी पुकारना शुरू' कर दिया।

मगर मम्मी बोल ही नहीं रही थीं। मम्मी के दहाने के चारों तरफ़ कोई सफ़ेद सी चीज़ जमी हुई

थी। हाथ पाँव भी कुछ अ'जीब तरह से फैले हुए थे।

सोबिया ने माँ की तरफ़ से कोई जवाब न पा कर रोना शुरू' कर दिया।

"चुप हो जा ना। रोती क्यों है।", सोनू ने झल्लाकर कहा तो सोबिया और ज़ोर-ज़ोर से रोने लगी।

"मम्मी सो रही हैं सोबी।", वो बहन को समझाने के अंदाज़ में बोला।

"मम्मी। मम्मी उठिए ना।", सोनू ने फिर माँ को जगाने की कोशिश की। जब तक दरवाज़े की घंटी दुबारा बजने लगी थी।

"कौन है...", वो दरवाज़े के क़रीब जा कर और ऊंची आवाज़ में बोला। कोई जवाब न आया।

वो वापिस कमरे में आया। सोबिया बा-क़ायदा हिचकियाँ ले-ले कर रो रही थी। सोनू कुछ देर माँ के चेहरे को देखता रहा। फिर रोती हुई बहन को ब-ग़ौर देखने लगा।

"मम्मी।", उसने मम्मी को पूरी ताक़त से झंझोड़ा मगर मम्मी बे-हिस-ओ-हरकत पड़ी रहीं।

वो कुछ देर गुमसुम सा बैठा रहा। फिर सोबिया के क़रीब जा कर उसने अपने छोटे-छोटे हाथों से

उसके आँसू पोंछे।

"नहीं रोना सोबी। मम्मी सो रही हैं।", मगर सोबी थी कि चुप ही नहीं हो रही थी।

"चुप हो जा।", वो चीख़ा और साथ ही दहाड़ें मार-मार कर रोने लगा।

जाने कब तक दोनों बहन भाई रोते रहे मगर अम्मी ने चुप ही कराया न कुछ बोलीं। सोबिया कोई घंटा भर रोने के बा'द थक कर सो गई।

वो सो गई तो सोनू फिर माँ के क़रीब गया। उसका चेहरा दोनों हाथों में लेकर दाएँ-बाएँ हिलाने लगा।

"मम्मी।"

इसने ज़ोर-ज़ोर से मम्मी का सर हिलाया, "मम्मी... मम्मी जी।"

उसने आँसुओं में भीगी आवाज़ में मुहब्बत घोल कर पुकारा। मम्मी ने कोई जवाब न दिया। कुछ देर बा'द उठकर वो ड्राइंगरूम चला गया। पर्दा सरका कर खड़ी के शीशे से बाहर देखने लगा

सामने एक बड़ा सा पार्क था जिसमें छोटे-छोटे खिलौनों जैसे रंग-बिरंगे बच्चे खेल रहे थे। पार्क में कई तरह के छोटे बड़े झूले लगे हुए थे। इधर-उधर

आइसक्रीम और वेफर्स के पैकेट वाले अपनी छोटी-छोटी हाथ गाड़ियाँ लिए हुए घूम रहे थे। एक रेड़ी पर निहायत नन्ही-नन्ही बोतलों में कोल्ड ड्रिंक्स सजी हुई थीं। पार्क की दूसरी जानिब लंबी सी सड़क पर छोटी-छोटी बेशुमार गाड़ियाँ भाग रहीं थीं। सोनू ने ये सारी चीज़ें इस क़दर छोटी जसामत में आज से पहले कभी न देखीं थीं। उसके ज़हन में अ'जीब-अ'जीब सवाल और ख़याल उभरने लगे। वो कमरे में लौट आया।

"मम्मी जी।", उसके सीने से दर्द-भरी कराह निकली। और उसने अपना छोटा सा सर मम्मी के सीने पर रख दिया और धीरे-धीरे सिसकने लगा। आँसुओं से मम्मी के शब-ख़्वाबी के लिबास का गिरेबान भीग-भीग गया मगर मम्मी ने आँखें नहीं खोलीं। रो-रो कर जब वो हल्कान हो गया तो उसे नींद आ गई।

जाने कितना वक़्त वो सोता रहा।

"छू। छू।", नींद में उसके कानों में सोबिया की आवाज़ पड़ी तो उसने आँखें खोल दीं।

"छूछू।", सोबिया ने मम्मी की तरफ़ से नज़र हटा कर भाई को देखकर कहा।

"सूसू करना है?", सोनू ने पूछा तो उसने सर ऊपर से नीचे की तरफ़ हिलाया। सोनू ने ग़ुस्ल-ख़ाने का हैंडल घुमा कर दरवाज़ा खोल दिया।

बाहर शाम हो चुकी थी।

सोबिया बाथरूम से आकर माँ के पास लेट गई।

"मम्मी... मम... मम्मी।", सोबिया ने अपनी शहादत की उंगली से माँ की आँख खोलने की कोशिश की... वो नाकाम हो कर फिर रोने लगी।

मम्मी ये वो मम्मी को पुकारती हुई हिचकियाँ लेने लगी।

सोनू बहन को बेबसी से देखता रहा।

"मम्मी उठिए ना... मम्मी जी... सोबी रो रही है। उसे भूक लगी है।"

वो गुलू-गीर आवाज़ में माँ से मुख़ातिब हुआ... उसे ख़ुद भी भूक लगी थी मगर जब तक उसने सोबिया की भूक का ज़िक्र न किया, इस तरफ़ उसका ख़याल न गया था।

अब उसे भूक का एहसास होने लगा।

वो माँ के पास से उठ कर बावर्चीख़ाने में चला गया। तमाम बर्तन धुले-धुलाए रखे थे। किसी में कुछ खाने को न था।

उसने रेफ्रीजरेटर खोला... उसमें सेब रखे थे... वो दो सेब उठा कर कमरे में आ गया।

एक सेब को ख़ुद कतरने लगा और दूसरा सोबिया को पकड़ा दिया। सोबिया उसे खाने की कोशिश करने लगी। मगर उसके मुँह में उगे आठ दाँत सेब के सख़्त छिलके के साथ इंसाफ़ न कर सके और वो महज़ सेब की सतह पर एक-आध निशान लगा कर रह गई और चुप-चाप भाई को देखने लगी। सोनू ने सेब का एक टुकड़ा तोड़ कर दिया तो वो उसे चबाने की कोशिश में मुँह के अंदर इधर-उधर घुमाती रही और आख़िर-कार निगल गई।

दोनों सेब ख़त्म हो गए तो सोनू रेफ्रीजरेटर में पड़ा आख़िरी सेब उठा लाया... कुछ देर दोनों बहन भाई सेब पर ज़ोर आज़माई करते रहे। इससे फ़ारिग़ हो कर फिर मम्मी को जगाने की कोशिश करने लगे।

मम्मी कुछ न बोली तो वो रो-रो कर मम्मी को हिलाने लगे। घर में इतनी गर्मी थी मगर मम्मी का बदन एक दम ठंडा पड़ा हुआ था... पता नहीं क्यों?

फिर किसी वक़्त उन्हें नींद आ गई।

दूसरी सुब्ह भी मम्मी नहीं उठीं। दरवाज़े की घंटी

दो बार बजी थी। जिससे सोनू जाग गया था

"जी... कौन है।", कोई जवाब न आया। शायद मज़बूत दीवारों और भारी दरवाज़े के उस पार उसकी कमसिन आवाज़ पहुँची नहीं पाई थी और आने वाला फिर लौट गया था।

सोबिया ने जागते ही रोना शुरू' कर दिया था। और मम्मी के पास जा कर ज़ोर-ज़ोर से चीख़ते हुए रो-रो कर जब मायूस हो गई तो हिचकियाँ लेती हुई बाहर आ गई...

उसका फूल सा चेहरा कुम्हला गया था।

बावर्चीख़ाने में सोनू रेफ्रीजरेटर खोले ब-ग़ौर अंदर देख रहा था। परसों का पड़ा हुआ दूध फट चुका था। सोबिया को क़रीब देखकर उसने उसके कांधे पर हाथ रख दिया।

"दूदू पिएगी?", उसने मम्मी की तरह पूछा था।

"हूँ", वो ज़ोर-ज़ोर से सर हिला कर बोली।

उसने फटा हुआ दूध चम्मच से सोबिया के फीडर में डालने की कोशिश में बहुत सा दूध गिरा कर थोड़ा सा डालने में कामयाबी हासिल की और फीडर बहन के बढ़े हुए हाथों में थमा दिया।

सोबिया वहीं फ़र्श पर चित्त लेट कर दूध पीने

लगी। जब फटे हुए दूध का कोई टुकड़ा रबर के निप्पल का छेद बंद करने लगता, वो पैर पटख़-पटख़ कर पूरी ताक़त से दूध पीने की कोशिश करने लगती और रोने लग जाती फिर ख़ुद ही चुप हो जाती।

सोनू ने दूध के कुछ बचे हुए चम्मच ख़ुद भी पिए और सोबिया के पास जा बैठा... बोतल ख़ाली हुई तो सोबिया उठ कर बैठ गई... फिर खड़ी हो कर मम्मी-मम्मी पुकारती हुई ख़्वाबगाह में चली गई।

सोनू भी कमरे में आ गया। और कुछ देर दरवाज़े के पास खड़ा हो कर माँ को देखने लगा। मम्मी की शक्ल आज अच्छी नहीं लग रही थी।

मिसिज़ भसीन की जुज़-वक़्ती मुलाज़िमा सुब्ह ऊपर आई थी तो किसी ने दरवाज़ा नहीं खोला था... दरअस्ल अमान ने उनके हाँ फ़ोन किया था कि बाबरा को बता दें कि वो एक दिन और रुक गया है और कल आ जाएगा। क्योंकि बाबरा बहुत जल्द घबरा जाती है... मुलाज़िमा से दरवाज़ा न खुलने की ख़बर सुनकर मिसिज़ भसीन ने सोचा था कि पड़ोसी कहीं घूमने गए होंगे। या शायद सो रहे हों। या जो भी...

"सोबी आ जा अंदर बैठें।", सोनू ने सोबिया से कहा।

"खिड़की से बाहर देखेंगे।", वो सर इस्बात में हिला कर बोला...।

"नहीं... मम्मी पाश...", उसने झटके से सर नफ़ी में हिलाया।

"मम्मी तो बोलती हैं नहीं... तू मेरे पास आ जा।", वो उदास हो कर बोला। उसका चेहरा आज पीला नज़र आ रहा था। छोटे-छोटे होंटों पर पपड़ियाँ जमी हुई थीं।

"आना सोबी... आ जा।", वो धीरे-धीरे सिसकने लगा... सोबिया माँ के फैले हुए बाज़ू पर सर रखे अपना अँगूठा चूसती रही और सर नफ़ी में हिला-हिला कर भाई को देखती रही...।

सोनू उसके क़रीब जा कर उसे उठाने लगा तो उसे महसूस हुआ कि मम्मी के पास से ख़राब सी बू आ रही थी। मम्मी नहाई नहीं न कल से... कपड़े भी नहीं बदले... हम भी नहीं नहाए... उसने अपना गिरेबान सूँघा... वहाँ उसे परसों के लगाए हुए बेबी पाउडर की हल्की सी महक आई... उसने फिर मम्मी की तरफ़ देखा... मम्मी की शक्ल बदली-बदली सी

लग रही थी। वो आहिस्ता-आहिस्ता एक दो उल्टे क़दम उठाता हुआ दीवार से लग गया। उसकी नज़रें माँ के चेहरे पर गढ़ी थीं। वो दीवार के साथ चलता हुआ कमरे के दूसरे कोने में पहुँची गया... और दीवार से फिसलता हुआ फ़र्श पर बैठ गया। उसके दिल में अ'जीब क़िस्म का ख़ौफ़ सा छा रहा था। उसे नींद भी आ रही थी। मगर वो पता नहीं क्या सोच रहा था। ख़ुद उसकी समझ में भी नहीं आ रहा था। आँख लगने लगती तो फ़ौरन आँखें खोल कर माँ के चेहरे को देखने लगता... दूर बैठा हुआ। वहाँ से माँ के तलवे नज़र आ रहे थे और फिर माँ का बाक़ी जिस्म। बा'द में चेहरा। ठोढ़ी से शुरू' होता हुआ। उसका दिल धक-धक कर रहा था। उसने दोनों हाथ उठा कर अपनी आँखों पर रख दिए। और... फिर पता नहीं कब वो दीवार से लगा-लगा फ़र्श पर आ गया। उसके घुटने उसके सीने से लगे हुए थे और वो सो चुका था।

सुब्ह फिर दरवाज़े की कालबेल लगातार कुछ पल बजी तो वही बेदार हुआ। दरवाज़े तक गया और बेचारगी से उसे देखता रहा। कुछ मिनट बा'द लौट आया... घर में होता तो खिड़की से नानी को आवाज़

लगाता। यहाँ तो न वो दरवाज़ा खोल सकता था न खिड़की। खिड़की खोल भी लेता तो उसकी आवाज़ कौन सुन पाता कि खिड़की से नज़र आने वाले लोग उसकी आवाज़ की रसाई से बहुत दूर थे।

आज सोबिया अभी तक सो रही थी। वो दरवाज़े पर ठहर कर माँ की तरफ़ देखने लगा। माँ का चेहरा बग़ैर पानी के गुल-दान में पड़े कई दिन पुराने फूल सा लग रहा था। वो आहिस्ता-आहिस्ता माँ के कुछ क़रीब जा कर ग़ौर से देखने लगा। मम्मी की शक्ल बदल गई थी। ये शक्ल किसी और की थी। मैले से मटियाले चेहरे वाली... उसकी मम्मी तो गोरी थी... तो क्या ये उसकी मम्मी नहीं थी... तो क्या उसकी मम्मी की शक्ल को कुछ हो गया है... या... या ये कोई और है। कोई अ'जीब सी शय... इंसान जैसी कोई शय...

ज़हन में इस ख़याल के आते ही वो ज़ोर से चीख़ पड़ा। सोबिया ने झट से आँखें खोलीं और रोने लगी। वो चीख़ता हुआ कमरे से बाहर भागा और ड्राइंगरूम के लंबे सोफ़े के अ'क़ब में जा छुपा। उसका छोटा सा वजूद थर-थर काँप रहा था। और आँखों से मोटे-मोटे आँसू बह रहे थे। सोबिया कुछ

देर रोती रही फिर उठकर भाई को ढूँढने लगी।

"बैया। बैया।", वो बावर्चीख़ाने में गई और रोते-रोते भाई को पुकारने लगी। वहाँ उसे न पा कर ड्राइंग रुम में आ गई।

"बैया। आ। आ", उसने नहीफ़ सी आवाज़ में पुकारा।

सोनू सोफ़े के पीछे से निकल आया। उसके ख़ौफ़-ज़दा दिल में एहसास-ए-ज़िम्मेदारी ने क़ुव्वत भर दी। बहन को देख उसके क़रीब चला गया और दोनों हाथों में उसका चेहरा ले कर उसके आँसू पोंछने लगा। उसे महसूस हुआ कि उसकी सोबी को बहुत तेज़ बुख़ार है।

"बैया। पानी।", वो हिचकियाँ लेती हुई बोली।

"तुझे बुख़ार है... आ जा। इधर लेट जा... मैं पानी लाता हूँ।"

उसने सोफ़े पर चढ़ने में बहन की मदद की और बावर्चीख़ाने की तरफ़ गया। ख़्वाबगाह के क़रीब से गुज़रते वक़्त उसने एक अधूरी सी नज़र कमरे की तरफ़ तेज़ी से डाली फिर रेफ्रीजरेटर के पास चला गया और बोतल निकाल कर पानी गिलास में उंडेलने लगा। सारी बोतल ख़ाली कर के ही कहीं

गिलास भर सका था।

गिलास और चमचा लिए वो बहन के पास आ गया और उसे धीरे-धीरे पानी पिलाने लगा। बीच-बीच में एक-आध चम्मच वो ख़ुद भी पीता रहा।

"भूकी लगी है?", उसने निहायत मुहब्बत से सोबिया से पूछा तो उसने नफ़ी में सर हिला दिया।

सुब्ह जब दरवाज़े की घंटी सुनकर सोनू बेबसी से पलट आया था उस वक़्त मिस्टर भसीन के हाँ फिर अमान ने टेलीफ़ोन किया था। और फिर मिसिज़ भसीन ने अपनी जुज़-वक़्ती मुलाज़िमा को ऊपर रवाना किया था जो लगातार तीन चार घंटियाँ बजा कर लौट आई थी।

सोबिया ड्राइंग रुम के सोफ़े पर निढाल पड़ी थी।

सोनू ज़िम्मेदार भाई की तरह उसके क़रीब बैठा था। बीच-बीच में दोनों ऊँघ लेते। शायद मुसलसल नक़ाहत या रात-भर घुटी हुई आलूदा फ़िज़ा में रहने के बाइ'स उनकी ऐसी हालत हो गई थी।

कभी-कभी सोनू सर घुमा कर चूर नज़रों से बेडरूम की तरफ़ देखता और जल्दी से चेहरा दूसरी तरफ़ फेर लेता। वक़्फ़े-वक़्फ़े से उसके आँसू बह निकलते थे।

इस बार सोबिया जागी तो फिर रोने लगी।

"दूध पिएगी सोबी?", उसने आवाज़ में प्यार भर कर कहा।

"मगर दूध तो है ही नहीं। अच्छा ठहर जा मैं कुछ और देखता हूँ।"

सोबिया ने कुछ न कहा। सोनू को ख़ुद भी बहुत भूक लग रही थी।

वो तेज़ तेज़-क़दम उठाता हुआ बावर्चीख़ाने की तरफ़ गया और प्लास्टिक की मेज़ खींच कर ने'मत-ख़ाने की अलमारी के ठीक नीचे तक ले गया।

बिस्कुट का डिब्बा लेकर जब वो ख़्वाबगाह के बाहर से गुज़रा तो उसने बे-इख़्तियार सा हो कर अंदर निगाह दौड़ाई हालाँकि वो वहाँ से सीधा ड्राइंग रुम में भाग आना चाहता था। क्योंकि उसे पता था अंदर उसकी मम्मी नहीं। पता नहीं कौन है और क्या है। उसने देखा कि बैड पर पड़ी हुई मम्मी जैसी कोई चीज़ जैसे दब कर फैल गई थी। बंद आँखें जैसे बड़े-बड़े उभरे हुए दायरों में धंसी पड़ी थीं। उस चीज़ के हाथ पाँव और चेहरा जाने किस रंग के थे... दूसरे ही पल उसने मुँह दूसरी तरफ़ मोड़ा और पूरी ताक़त लगा कर ड्राइंग रुम की तरफ़ भागा। उसका चेहरा

ख़ौफ़ से पीला पड़ गया था। बदन पसीना-पसीना हो रहा था।

शायद वो एक ज़ोरदार चीख़ मारकर बेहोश हो जाता मगर बुख़ार में चुप-चाप लेटी हुई बहन ने उसके हवास को क़ाबू में रखा। चीख़ उसके नन्हे से सीने में घुट कर रह गई।

वो बहन के क़रीब चला गया और बाछें खोल कर मुस्कुराने लगा तो उसके सूखे-सूखे लब सफ़ेद हो रहे थे।

"बिस्कुट। लाया हूँ।", वो थरथराती हुई आवाज़ में बोला।

"खाएगी वो प्यार से पूछने लगा। और सोबिया टुकुर-टुकुर भाई को देखती रही।

(5) लम्स

निगार अज़ीम

मौसम इंतिहाई ख़ुशगवार था। बारिश की मंद-मंद फुहार ने मौसम में मज़ीद ताज़गी भर दी थी। लेकिन मेरे अंदर के कसैले-पन ने उस रूह प्रवर मौसम के लुत्फ़ से मुझे महरूम रखा। बस के लिए ज़ियादा इंतज़ार नहीं करना पड़ा। उसे इत्तिफ़ाक़ कहिए या मौसम का करम कि बस में सवारियाँ बहुत कम थीं लिहाज़ा ख़ाली सीटें देख कर बैठ गई। बहुत कोशिश की कि उस धुले उजले सुरमई मौसम में बूंदों की छेड़ख़ानी से नाज़ुक-नाज़ुक फूलों का और हरी-हरी पत्तियों का लजाना देखूँ और हरी-भरी प्यासी घास का बिछ-बिछ जाना देखूँ, लुत्फ़ लूँ और सब कुछ भूल जाऊँ। लेकिन प्रोफ़ेसर पाण्डे बार-बार मेरे ज़ेहन के पर्दे पर उभर आते।

प्रोफ़ेसर पाण्डे से मेरी मुलाक़ात एक आर्ट गैलरी में हुई थी। जहाँ आर्ट और फ़ोटोग्राफ़ी पर नुमाइश के अलावा एक मुज़ाकरा भी था। सदारती तक़रीर में जब प्रोफ़ेसर पाण्डे ने आर्ट एंड फ़ोटोग्राफ़ी पर मेरे

ख़्याल की भरपूर ताईद की तो में उनसे मुतास्सिर हुए बग़ैर न रह सकी। दर-अस्ल मेरा ख़्याल था फ़ोटोग्राफ़ी कितनी ही हसीन दिल-आवेज़ पुर-असर और हक़ीक़ी क्यों न हो ज़िंदगी से हसीन तो नहीं हो सकती। हाँ ज़िंदगी के हसीन लम्हों को क़ैद करने का ज़रीया ज़रूर बन सकती है और वो एक लम्हा ही फ़ोटोग्राफ़ को ज़िंदगी बख़्श देता है और फिर यहीं से बातों और मुलाक़ातों का एक सिलसिला शुरू हो गया।

प्रोफ़ेसर पाण्डे न सिर्फ़ आर्ट की दुनिया की एक मशहूर-ओ-मारूफ़ शख़्सियत थे बल्कि और भी बहुत-सी ख़ूबियों के मालिक थे। ख़ुश-वज़्अ', ख़ुश-मिज़ाज, और इंतिहाई बे-तकल्लुफ़ सूरत-शकल और चाल ढ़ाल के लिहाज़ से पुर-विक़ार लेकिन हुस्न-परस्त। सुना तो था देखा भी कि वो अपने इर्द-गिर्द भीड़ जमा करने में माहिर थे। उनके इर्द-गिर्द लड़कियाँ ऐसे फड़फड़ा कर गुज़रतीं जैसे फूल पर तितलियाँ।

आर्ट की उनकी अपनी एक अलग दुनिया थी वो Real i sm के दिल-दादा थे लेकिन नित-नये तजरबात उनके फ़न में शामिल थे। प्रोग्रेसिव थे और मुसबत

सोच के मालिक। अपने फ़न में बुलंद-क़ामत होने के बावजूद हृद-दर्जा मुख़्लिस उम्र की पाँच दहाईयाँ मुकम्मल करने के बावजूद नौजवानों की तरह चाक़-ओ-चौबंद। उनका इल्मी ज़ख़ीरा किसी क़ारून के ख़ज़ाने से कम न था। शायद यही वजह थी कि हर महफ़िल में वो एक हुजूम में घिरे रहते। मेरी उनसे अक्सर मुलाक़ातें होने लगीं। मुझे उनके क़ुर्ब से ज़ेहनी तमानत का एहसास होता। इस सिलसिले में वो हमेशा मेरी हौसला-अफ़ज़ाई भी करते और कहते, तुम्हारी बातें तमाम कुल्फ़तें दूर करके हमारे लिए ज़ेहनी ग़िज़ा का काम करती हैं। '

नवंबर की एक ऐसी ही शाम थी वो। वो हमेशा की तरह अपने स्टडी रूम में अपनी मख़सूस चेयर पर मौजूद थे और मेरे मुंतज़िर। मद्धम सरों में ग़ज़ल के ये बोल कमरे की फ़िज़ा में फैले हुए थे, नुक्ता-चीं है ग़म दिल बात बनाए न बने।

क्या बात है? आज कोई घर में नहीं क्या? मैंने ग़ैर-मामूली ख़ामोशी से अंदाज़ लगाते हुए पूछा। उन्होंने मुलाज़िम को चाय का ऑर्डर दिया और मुझे मुख़ातिब करते हुए बोले। हमारी बीवी के भतीजे की शादी है सब वहीं गए हुए हैं। अच्छा क्या आप आ

गईं... कम-अज़कम कुछ वक़्त तो अच्छा गुज़रेगा। हालांकि उनके सामने ही कैनवस पर ताज़े रंगों की अधूरी पेंटिंग ईज़ल पर आवेज़ाँ थी जिसके मुताला में वो अब भी ग़र्क़ थे। मिस्टर पाण्डे रंगों के खिलाड़ी थे और लकीर के बादशाह। औरत की एक ख़ास छवि उनकी तसावीर में नुमायाँ होती जो कहीं फ़िक्र-अंगेज़ होती तो कहीं रोमान-परवर और कहीं सिर्फ़ एक जिस्म। बहुत देर तक हम दोनों रस्मी सी गुफ़्तगू करते रहे लेकिन जब बात इंसानी नफ़सियात और फ़्राइड के नज़रियात की छड़ी तो मामला काफ़ी तूल पकड़ गया। वक़्त गुज़रने का अंदाज़ ही नहीं हुआ। हवा के तेज़ झोंके के साथ खिड़की के पट खुले तो मालूम हुआ बाहर सुरमई चादर फैल चुकी है। हवा के साथ-साथ बारिश की हल्की फुहार कमरे में दाख़िल हुई तो प्रोफ़ेसर पाण्डे ने खिड़की के पट बंद करके चटख़नी चढ़ा दी। हालांकि उस सर्द लहर ने मेरे जिस्म को बड़ी फ़रहत बख़्शी थी। इसके बर-अक्स प्रोफ़ेसर पाण्डे ने सर्दी से सिकुड़ते हुए अपने दोनों हाथ हीटर की तरफ़ फैला दीए जो पूरे वुजूद से उनके क़दमों में दहक रहा था।

चाय के दो दूर चल चुके थे। इसके बावजूद

उन्होंने फिर चाय का ऑर्डर दिया।

चाय तो अभी पी है। मैंने मुदाख़िलत की।

अरे भई अब आपके साथ और कुछ तो पी नहीं सकते। कम-अज़कम चाय तो पीने दीजिए।

जी नहीं... आप अपनी मन-पसंद ड्रिंक ले सकते हैं मुझे कोई एतराज़ नहीं होगा।

हम जानते हैं। वो मुस्कुराते हुए बोले।

बाहर काफ़ी सर्दी है आज, लेकिन आपने तो पूरी तरह गर्मी मना रखी है। हाँ भई जवानों को सर्दी कहाँ लगती है। और ख़ास कर ख़वातीन को। हम ठहरे बूढे आदमी।

ऐसी बात नहीं है। जब में घर से चली थी तो धूप काफ़ी तेज़ और निखरी हुई थी। अंदाज़ नहीं था कि मौसम इस तरह बदल जाएगा। मुझे उनके बूढा कहने पर हँसी आ गई। न मैं जवान हूँ न आप बूढे।

हँसिए-हँसिए... ख़ूब मज़ाक़ बनाइए हमारी... ये देखिए हाथ कैसे ठंडे हो रहे हैं? प्रोफ़ेसर पाण्डे ने ये कहते हुए अपने दोनों हाथ मेरी तरफ़ बढ़ा दिए। मैंने छुआ... वो वाक़ई बर्फ़ की तरह ठंडे थे। क़दरे लम्बे नर्म मुलायम हाथ सिकुड़ कर मेरी हथेलियों में समा गए थे। ठंडी (यख़) उँगलियों और हथेलियों को

अपनी हथेलियों से रगड़ कर मैंने गर्मी पैदा करने की कोशिश की। नाख़ुन हल्के-हल्के सफ़ेदी और पीलाहट लिए थे जिन पर बहुत बारीक धागे जैसी लाइनें झलक रही थीं। मैंने एक नाख़ुन को अपने नाख़ुन से दबाया तो पीलाहट और उभर आई। मैंने फ़ौरन अपना नाख़ुन हटा लिया। कई मर्तबा ऐसा ही किया तो तमाम नाख़ूनों का गुलाबी-पन वापस आ गया। चंद मिंटों में ही प्रोफ़ेसर पाण्डे के हाथों में हरारत पैदा हो चुकी थी। ढ़ीले छूटे हुए हाथों को मैंने वापस उनकी तरफ़ बढ़ा दिया। ये लीजिए। गर्म हो गए हैं।

मैंने देखा प्रोफ़ेसर पाण्डे पहले ही मुझे बग़ौर देख रहे हैं। उनकी आँखों की चमक गुलाबी और गहरी हो गई है। मुझे महसूस हुआ कहीं कोई गड़बड़ हो गई है नज़रें बचाते हुए मैं फ़ौरन उठ खड़ी हुई।

अब चलती हूँ।

बैठिए चाय आती होगी।

जी नहीं। चाय तो बहुत पी चुकी हूँ। शाम हो गई है अब चलती हूँ।

कुछ देर बैठिए। चाय पी लें। फिर हम आपको गाड़ी से छोड़ आएंगे।

नहीं इस तकलीफ़ की ज़रूरत नहीं। मैं ऑटो या बस ले लूँगी। आप परेशान न हों।

अरे भई स्टॉप तक ही छोड़ देंगे। इसमें परेशानी की क्या बात है। मौसम ख़राब है।

मुझे ये मौसम पसंद है। आप फ़िक्र न कीजिए।

प्रोफ़ेसर पाण्डे उठे और मेरे दोनों कंधों पर अपने हाथों को जमाते हुए मुझे सोफ़े में धँसा दिया... बैठिए... कुछ डाँट का उंसुर शामिल था। फिर उन्होंने अलमारी खोल कर एक सफ़ेद शाल निकाली। तह खोली और फैला कर मेरे दोनों कंधों पर डाल दी।

इसकी ज़रूरत नहीं मैं बोल पड़ी।

है... है पर कुछ इतना ज़ियादा ज़ोर दिया कि मुझे ख़ामोश होना पड़ा। शुक्रिया कह कर मैं फिर उठ खड़ी हुई और उनके चेहरे के कोई तास्सुरात जाने बग़ैर ख़ुदा हाफ़िज़ कह कर कमरे से बाहर निकल गई।

बस तेज़ी से अपनी मंज़िल की तरफ़ बढ़ रही थी और उसकी रफ़्तार के साथ-साथ मेरे अंदर घुटन का एहसास भी बढ़ता जा रहा था। एक मायूसी सी मेरे अंदर उतरती जा रही थी। मैंने खिड़की से शीशा खिसकाया तो बारिश की तेज़ बूंदों ने मेरे चेहरे को

छुआ। लेकिन मेरे अंदर की कसाफ़त और घुटन में कोई कमी नहीं आई। घर पहुँचते-पहुँचते मैं बारिश में काफ़ी भीग चुकी थी और मुझे ऐसा महसूस हो रहा था कि मेरे जिस्म की तमाम हिद्दत मेरे दिमाग़ में जमा हो गई है। किसी ज्वाला मुखी की तरह ये दिमाग़ फटेगा और भिक से मेरे परख़चे उड़ जाएंगे। बात कुछ भी नहीं थी लेकिन बहुत कुछ थी। निदामत और एहसास-ए-जुर्म मुझे अंदर ही अंदर खा रहा था। लेकिन मैंने क्या किया था? बारहा यही सवाल ज़ेहन पर उभरता। प्रोफ़ेसर पाण्डे मेरे बारे में क्या सोचेंगे? शायद मुझे इतना बे-तकल्लुफ़ नहीं होना चाहिए था। लेकिन ये सब तो ग़ैर-इरादी तौर पर हुआ था... फिर भी... लाख उन्होंने हाथ मेरी तरफ़ बढ़ाए। मैंने क्यों थाम लिए? एहतियात बरतना चाहिए थी मुझे। कहीं प्रोफ़ेसर पाण्डे... नहीं-नहीं... शायद उन्हें कोई ग़लत-फ़हमी हुई है या फिर मुझे ही... क्या में? तौबा... शायद कुछ भी नहीं मेरे वहम के सिवा... लेकिन प्रोफ़ेसर पाण्डे की आँखी और साँसों का ज़ेर-ओ-बम...? और फिर फ़्राइड के नज़रियात और प्रोफ़ेसर पाण्डे के दलाइल के आगे मेरी बहस दम तोड़ती हुई नज़र आई। ज़ेहनी तनाव

बढ़ा और माथे की रगें फटती हुई महसूस हुईं। अचानक फ़ोन की घंटी बज उठी। हलो... मैं पाण्डे... ठीक पहुँच गईं आप?

जी...

फ़िक्र हो रही थी आप की। मौसम ख़राब और फिर अकेले। मूड भी कुछ ख़राब था आपका... और हमें बार-बार ये बात परेशान कर रही थी। शायद फ़्राइड के नज़रियात पर छिड़ी बहस ने आपको बोझल कर दिया।

जी। जी नहीं तो। ऐसी कोई बात नहीं।

एक बात कहें बुरा मत मानियेगा।

जी। जी कहिए। मेरा दिल ज़ोर-ज़ोर से धड़कने लगा।

जिस तरह तमाम मंज़िलें तै कर जाने के बाद सब कुछ स्पॉट हो जाता है। उसी तरह कुछ बाक़ी रह जाने का एहसास ही कभी-कभी रिश्तों को दाइमी बना देता है। उम्मीद है आप आइंदा निडर होकर आएंगी...

पल भर में ही मेरे वुजूद में पनपती बेचैन करती सारी कुल्फ़तें दूर हो गईं। दिल पर हाथ रख कर मैंने अपने सीने पर दबाओ डाला और एक तवील

साँस खींची तो प्रोफ़ेसर पाण्डे के लम्स की ठंडक मुझे अपने वुजूद में उतरती हुई महसूस हुई। मेरे जज़्बात और एहसासात को इतनी सेहत-मंद ज़बान मिल जाएगी सोचा भी नहीं था।

www.ingramcontent.com/pod-product-compliance
Lightning Source LLC
LaVergne TN
LVHW010835051026
849532LV00007B/2707
* 9 7 8 9 3 5 8 7 2 2 3 6 9 *